零基础
小说写作必修课

小旋呀　焦阳　著

中国纺织出版社有限公司

内容提要

本书从寻找写作灵感到小说写作世界观的搭建，逐步带领读者攻克写作路上的痛点和难点。内容包括灵感应该如何表达、怎样构建大纲、小说的核心是什么、故事中途写不下去该怎么办、小说怎么写才爽、人设怎么立、"金手指"该如何运用、立意是否重要、高潮或反转部分的写作技巧等。

图书在版编目（CIP）数据

零基础小说写作必修课 / 小旋呀，焦阳著. --北京：中国纺织出版社有限公司，2024.3
ISBN 978-7-5229-1373-5

Ⅰ. ①零… Ⅱ. ①小… ②焦… Ⅲ. ①小说创作 Ⅳ. ①I054

中国国家版本馆 CIP 数据核字（2024）第 018049 号

责任编辑：刘丹　　责任校对：江思飞　　责任印制：储志伟

中国纺织出版社有限公司出版发行
地址：北京市朝阳区百子湾东里A407号楼　邮政编码：100124
销售电话：010—67004422　传真：010—87155801
http://www.c-textilep.com
中国纺织出版社天猫旗舰店
官方微博 http://weibo.com/2119887771
天津千鹤文化传播有限公司印刷　各地新华书店经销
2024年3月第1版第1次印刷
开本：880×1230　1/32　印张：6.5
字数：125千字　定价：49.80元

凡购本书，如有缺页、倒页、脱页，由本社图书营销中心调换

序

大家好，我是你们的小旋呀。我是一名资深博主，也是一名网络文学作家。

我从事小说创作已经有12年了，做博主也3年多了，全网吸粉300多万。

在创作的过程中，我经常会收到很多读者的留言，想跟我学习怎么写小说，比如：

我有很多灵感，但为什么却总写不出想要的感觉？

为什么我明明迎合市场，硬着头皮写套路文了，数据还是这么差？

……

为此我特地邀请了潇湘书院金牌作家焦阳（笔名：翦羽、羽扇画水）跟我一起来为大家答疑解惑，旨在将我们两人这12年的小说创作经验，都汇集到这本书里。

本书从寻找灵感开始，到小说世界观的搭建，带着读者一步步攻克写作路上的痛点和难点。

内容包括灵感应该如何表达、怎样构建大纲、写小说的核心是什么、故事中途写不下去该怎么办、小说怎么写才爽、人设怎么立、"金手指"该如何运用、怎样写才有代入感、感情戏爆发应该怎么写、立意是否重要、高潮/反转部分的技巧等。

  同时，我也会运用个人3年的博主经验，告诉你们视频小说和文字小说的节奏有哪些不同。

  本书不仅适用于想要从事写作行业的读者，也适用于想要将小说做成视频的博主。

  敬请期待吧。

小旋呀

2023年9月

目 录

第一章
灵感很多，为何下笔后总"相去甚远"

第一节　写作前，需要先确定一个主线　　　　　　　　/ 003
第二节　拒绝流水账　　　　　　　　　　　　　　　　/ 005
第三节　写作时，不要交代太多与当下发生的事件无关的设定 / 007
第四节　情绪的爆发需要场景的铺垫　　　　　　　　　/ 010
第五节　行文逻辑一定要清晰　　　　　　　　　　　　/ 012

第二章
小说在骨：如何用灵感的积木搭出故事的骨架

第一节　大纲是什么　　　　　　　　　　　　　　　　/ 018
第二节　设计大纲的目的是什么　　　　　　　　　　　/ 019
第三节　如何细化纲线　　　　　　　　　　　　　　　/ 021
第四节　怎么量身定做适合自己的大纲　　　　　　　　/ 028

第三章
万事"开头"难，但也有迹可循

第一节　开头核心　　　　　　　　　　　　　　／033
第二节　如何切入　　　　　　　　　　　　　　／035

第四章
新手永远的痛：中途写不下去了该怎么办

第一节　想法太多，导致文章写不下去　　　　　／049
第二节　有想法但表达不出来　　　　　　　　　／052
第三节　想法太少，导致文章写不下去　　　　　／057
第四节　没有毅力，导致文章写不下去　　　　　／058

第五章
写小说，这些"核心"不能丢

第一节　不要"炫"字句　　　　　　　　　　　／063
第二节　不要故作高深　　　　　　　　　　　　／068

第六章
更高阶的技巧：小说，怎么写才爽

第一节　写作"三板斧" / 077
第二节　"打脸"要有持续性和升级空间 / 079
第三节　跳出一般套路的其他爽感 / 082

第七章
人设：怎样才能让读者爱上你笔下的人物

第一节　人物形象分为两大类 / 091
第二节　如何区分角色 / 093
第三节　人设技巧在实际运用中的盲区和难点 / 098

第八章
主角的"金手指"应该怎么设置

第一节　"金手指"是什么 / 102
第二节　"金手指"的类别 / 103
第三节　"金手指"的本质 / 108

第九章
代入感：如何让读者"身临其境"

第一节　让文章更有代入感的五个方法　　/ 114
第二节　代入感的先决条件　　/ 121

第十章
感情线，原来可以这么写

第一节　感情线是什么　　/ 124
第二节　感情线的类别　　/ 125
第三节　感情线的递进方式　　/ 129

第十一章
大高潮和小高潮的写法与运用

第一节　高潮是什么　　/ 136
第二节　高潮的本质　　/ 138
第三节　写小高潮与大高潮时，应该注意的要点　　/ 144

第十二章
巧妙利用：反转的几个层次

第一节	反转是什么	/ 150
第二节	反转的三个层次	/ 151
第三节	反转的目标是什么	/ 159
第四节	写小说，必须眼高手低	/ 160

第十三章
立意高远：让小说走得更远

第一节	什么是小说的立意	/ 162
第二节	立意重要吗	/ 164
第三节	文章立意可以思考的方向	/ 167

第十四章
创造自己的 IP 宇宙

第一节	IP 为什么能挣钱	/ 173
第二节	IP 可以分为两大类	/ 175
第三节	IP 究竟是如何被打造出来的	/ 179

第十五章
如何将小说制作成视频

第一节　做小说博主的五个入场建议　　　　　　　／ 183

第二节　视频小说和文字小说四个不同的节奏要点　　／ 187

第三节　视频制作需要用到什么软件　　　　　　　　／ 192

后记　　　　　　　　　　　　　　　　　　　　／ 193

第一章

灵感很多,为何下笔后总"相去甚远"

当灵感到来时，脑子里的场景通常会令我们兴奋不已，但很多人却总写不出想要的感觉。

具体表现如：

"不知不觉写了很多废话。"

"手与脑的连接似乎生锈了，总是各干各的。"

这个问题，在我写作的前几年，也一直困扰着我。我常常懊恼于自己生锈的连接器，期望能有个润滑剂，让我能顺畅地将脑子里的灵感全部写出来。

但好的写作也只是从中挑选几个瞬间，便能向读者展现出主角完整的人生，甚至是整个世界观。

村上春树曾经说："文字是思维不完美的载体。"

文字的"缺憾性"注定让我们很难将脑子里的感受完整地表达出来。

但是，取舍又能带给读者不同的感受，让他们在削弱与脑补之间获得一种艺术体验。

为此，对于"写作灵感到来时，我们该如何下笔"这一问题，我总结出了六个要点。

其中要点六："人物要鲜明"，讨论起来比较繁杂，我会在第七章人设章中详细阐述。这里先按下不提，我们先讨论其余五个要点。

第一节　写作前，需要先确定一个主线

当我们拥有许多灵感的时候，脑海中会浮现出海量素材，就像一个博主 3 天拍摄了 40 多个小时的视频一样。

我们需要将其剪辑成 5 分钟的视频，就需要对 40 多个小时的素材进行删减。

而有目的地删减前需要先确定一个主线。

当然，写作之初每一个码字者都会有灵感，但并不是每一个灵感都能被称为主线。

主线是一个由起因、经过、结果组成的逻辑闭环。

脑海之中一闪而过亮眼的人物设定，某一段惊艳的打斗，甚至对于正反两派的社会属性描述，都只能为点缀文章而存在，可以多做想象，但实与主线无关。

举例：

主线是：小人物在社会底层摸爬滚打，不坠青云之志，最后实现人生抱负。

主线是：不可一世的天之骄子受到意外人生打击，多次尝试失败后的逆风翻盘。

主线是：男女主角缘欠一分，多次失之交臂，最终破镜

重圆。

主线是你想通过人物和环境的塑造，最后向读者传达的某一种价值、坚持和信仰以及人性的美好或丑恶。

哪怕是纯娱乐搞笑，逗人开心，也势必有事件、因果、逻辑、先后顺序。

如果在主线设定中，没有这些方面的想象与准备，便不足以支撑后续的所有文字内容。

主线为骨，有了骨骼轮廓我们才能知道经脉血肉的大致走向。所有支线情节、细节，才能依附主线而生。

我无法教你们怎样去设计一条具体的主线，因为每个人想要表达的思想内核截然不同，我只能简单描述一下主线的特质。

第一，它必须存在，没有写作目的的写作与没有目标的奋斗一样，纯粹是瞎折腾。

第二，它有逻辑关系，就是我们小时候写作文最常提及的：起因、经过、结果。

第三，它有精神特质，坚定我们想要表达的精神内核：是无瑕的爱情，坚定的信念？还是平凡人生中的不凡。总结来说，就是我们想写故事的那种冲动。

所以，当写作灵感到来时，我们该如何下笔的第一步，就是设定主线。这样，我们就对这个故事有了初步的认识。

但是，如果我们想让故事写出来感染读者，就需要有更进一步的细化，接下来要说的四个要点，就是细化中的重中之重。

第二节　拒绝流水账

流水账写法是新手最容易犯的错误之一，就是事无巨细，将所见、所看、所想都一股脑儿地写出来。

为了让读者有代入感，竭尽所能地描述天光、路人、衣着，甚至是环境、建筑，殊不知没有节制地描写，会大量分散读者的注意力，降低阅读兴趣。

有的时候，并不是作者写得太少，而是写得过多。要知道，小说里所有文字的存在，要有存在的理由，要么烘托氛围，要么暗喻心情，要么是必要的设定……

在这儿可能就有人问了：

小旋呀，我也想写出有焦点的故事，可是根本不懂取舍，分辨不出哪些是必须写的，哪些是不必写的。

分辨要不要写，只有一个准则，就是你的故事情节需不需要。

联系上下文，如果描写有助于读者理解故事情节，那么它就有必要存在；如果留下或删除，完全不影响逻辑完整和情绪递进，那么就要有节制地进行修改和删除。

比如，当我们写道："男主走到墓前：'今天是我们的结婚七周年，也是你离开我的第三年。'"明明就一句话，却能让读者瞬间脑补出一段男主与女主的悲伤爱情故事。

当我们身为读者，在看一些小说的内容时，明明作者只说了一，我们却能不自觉地脑补出二和三，然后产生相应的情绪。

但当我们成为作者时，却很容易想要将一二三全部写出来，有的时候，甚至还会写出四五六。

而这里的二三，则是男主走到墓前，回忆起与女主从小到大的种种，详细地、没有重点地将男主与女主之间的悲伤爱情故事讲出来。

而四五六，则是今天的天气怎么样，墓地四周的环境怎么样，男主的穿着以及路上遇到的路人甲乙丙丁。

细碎的细节和人物神态，甚至甲乙丙丁的衣着都说得一清二楚，让小说失去了焦点。

所以，问题回到最初，当写作灵感到来时，我们该如何下笔呢？

我们需要将小说里的四五六全部舍弃，将二三略写或者不写，抑或是将二三打碎重组成一个个小小的支线，围绕主线做情感上的升华递进，或是设计成一个扑朔迷离的故事，创造出更多的二三来。

毕竟，写作是需要让读者的注意力高度集中到某一个情景里，让读者的情绪能够跟随着剧情层层递进，到达顶点，而不是让读者迷失在四五六的琐碎信息里。

第三节　写作时，不要交代太多与当下发生的事件无关的设定

乍一看，这一条提示似乎与刚刚所讲的第 2 点雷同，都是作者必须有节制地向读者输出自己的文字内容。

但其实深入探讨，这是两个截然不同的要点。

不要记流水账，即作者在写的时候，最好想都不要去联想那些无意义的描写，更不要费力将它们记在纸上。

而设定这种东西则需要越详细越好，它不一定要完全写在文章里，但一定会出现在每个作者的大纲中。它能辅助作者在行文时构建更真实的世界观，幻想出更合理的逻辑闭环。

但同时，也不要一股脑儿地在一个情节里，将所有设定都输出给读者，让有用的设定在当前变成无用的废话。

说到这里，大家可能要迷糊了，我来举个例子吧。

比如，写一篇玄幻文，设定了七个大陆，每个大陆都有不同的种族，如精灵、巨龙、地精等，而且每个大陆的强者们都有纠缠了上百年的爱恨情仇……

在这种设定下，我们应该怎么展开来写呢？许多新手最常犯的错误，便是在开篇用上万字来阐述这七个大陆的地理地

貌、人文历史、魔兽的种类、强者的背景和他们的爱恨纠葛，令读者看得头晕眼花。

而故事的主角，则是从七大陆之一的A国中一个不起眼的小镇开始发迹……

那么请问，那些宏大的背景设定，与当下的主角有关系吗？

没有关系。

没有关系的话，就不要现在写。

因为当我们将故事的进度条拉到A国快要进入下一个大陆时，读者已经不记得之前作者写的六个大陆的地理地貌、人文历史、魔兽，还有各大陆强者的背景和他们的爱恨纠葛了。

而当进度条拉到下一个大陆的时候，作者需要重提下一个大陆设定吗？

需要的。

因为对于小说的读者来说，有耐心地梳理前面的设定并记下来的读者，是非常稀少的。

大多数读者是一目十行，随即抛之脑后。

如果这个设定对当前剧情十分重要，不重提的话，读者也容易看迷糊。

那么，一样的设定为什么要强调两遍呢？其中一遍还会拖延剧情，同时也不会被读者待见。

所以，当写作灵感到来时，面对如此庞大的设定，我们该如何下笔呢？

有经验的作者，一般都会将100个设定，拆分成20个"5"

来慢慢展开。

开篇先写第一个"5",便是主角所处的这个不起眼小镇里的各大世家;当这个"5"的进度条快完成的时候,又抛出下一个"5",便是 A 国各大贵族。接下来在情节推进的过程中,逐一展开,每次展开得不多,正好让读者消化自己的设定,同时又保留一部分神秘性。

听到这里,你们应该对我想强调的东西有了一定的理解,那就是设定一定要做,而且越详细越好,但绝对不要一股脑儿地直接塞给读者,要一点一点地输出,这样读者更容易入戏,作者也更容易把握自己的写作节奏,根据实际情况进行调整。

同时,在这里特别提一点,在敲定完这些设定的出场顺序的时候,在写作的途中,要尽量避免让自己情绪失控,提前"串台",爆出不该提前爆的设定。

因为有些让你觉得十分激动的情节,需要足够的场景铺垫,才能达到相应的效果,否则读者根本就体会不到你想要表达的内容,从而让小说变成你的自嗨,使剧情平淡。

这也是我们今天要讲的要点三。

第四节　情绪的爆发需要场景的铺垫

我们需要知道，好的小说是能带动读者情绪的，但情绪的爆发需要场景的铺垫。

当我们脑子里突然冒出一个想法，十分激动或者伤心的时候，你要思考，你为什么会激动或是伤心。

比如，你在写主角是孤儿的时候，就忍不住想哭，因为你也是孤儿，你很能理解里面的心酸。

但很多人并没有这个感觉。

而你想要让读者理解你的痛苦，将你的情绪传达给别人，让别人感同身受，就必须将你小时候成为孤儿的场景重新展现出来。

失去爸妈的痛苦；亲戚的白眼和嫌弃；因为没有爸妈撑腰，在学校里总是被人嘲笑却不敢说；每周要站在那儿被许多领养者挑选，而又被剩下；成年后想要继续读书，就必须半工半读；你被迫早早学会了独立……

这些经历，这些情绪，在你写下"他是孤儿"的时候，集中爆发了出来，你感受到的庞大信息量，是你十几年来集中的感受，但读者没有经历过，你想要将它传递出去，就必须将这些信息量有条理地整理出来,然后传递给读者,读者才能从这些字句里感受到这些情绪。

要不然他们看到的,也只是"他是孤儿"这单调的四个字而已。

这也是当写作灵感到来时,我们下笔应该要注意的一点,否则就很容易变成作者的自嗨。

第五节　行文逻辑一定要清晰

行文逻辑是什么？是指一段话或者一篇文章遵循一定的顺序和构段（构段是指文章段落组成之间的逻辑关系，要完整统一）方式使其有条理性、清晰性。

注意这句话的重点，是要有条理性、清晰性。

许多作者却为了过度追求所谓的"快节奏"，忽略了小说本身的行文逻辑。为了让读者在最短的时间里看到最多的信息量，在写作途中，连行文之间的衔接都直接抛弃掉了。

前一句话女主还在宅院里与庶妹斗法，下一句话就已经女扮男装跟男主在街上对骂了……

看得读者云里雾里、眼花缭乱，都不知道怎么就忽然跳到下一个情景里去了。

小说写的是什么？是为了让读者接收大量的信息吗？

不是的，应该是将读者带入剧情里，让他们的情绪跟随着剧情的起伏而起伏。

只要抓住读者的情绪不掉下来，剧情的快慢，其实都可以往后放一放。

所以，当写作灵感到来时，我们应该如何下笔呢？

总结起来，就是写太多废话不行，写太简洁也不行，核心要素应该是掌握文章的张弛。

比如，讲武侠，不能从头打到尾，我们还要讲江湖的爱恨情仇。讲种田，我们不能从头种到尾，我们还要讲危机，讲人性……

张弛是一种上升到意识的东西，需要不断练习和不断阅读以提高敏感度。不过在写作初期，如果我们可以主动分配剧情，合理运用大纲，也能使文章结构变得更好。

第二章

小说在骨:如何用灵感的积木搭出故事的骨架

"怎么设计一份适合自己的大纲?"

大纲,有人喜爱,有人痛恨。

有人在设计完小说大纲后,会对自己的小说有一份详细的规划,写起来也更加得心应手。

有人在设计完大纲后,就瞬间对自己的小说失去了探索欲,提不起兴致写下去。

所以对于写小说到底要不要大纲这一问题,各家有各家的说法,而我的说法是:要。

但同时,我们还需要根据小说的特性,来设计适合自己的大纲。

布兰登·桑德森曾经提到过,作家分为两种:一种是探索型作家,另一种是大纲型作家。

对于探索型作家来说,大纲几乎会磨灭掉他的创造性,因为探索未知是探索型作家创作的源动力,提前知晓剧情,会让他们感觉索然无味。

对于大纲型作家来说,大纲几乎是为他们量身定做的,不仅可以满足他们掌控全局的欲望,还能让小说的每一个节点都在他们的想象范围内。

那么,探索型作家就不需要设计大纲了吗?不是的,对于不同类型的作家,我们设计大纲的方式要因人而异。

为此,我为"怎么设计一份适合自己的大纲"总结了以下四个要点。

- 大纲是什么？
- 设计大纲的目的是什么？
- 如何细化纲线？
- 怎么量身定做适合自己的大纲？

第一节　大纲是什么

大纲是小说的框架。

有很多知名作家都表达过一个类似的观点：

当我们局限在某一个严格的框架内进行创作的时候，想象力会因压力而发挥到极致，最丰富的创意也随之诞生，而面对完全自由的发挥空间，作品反而容易变得散乱。

有约束才有张力，而大纲，就是那个框架。是让小说内容更丰富，更出彩的工具。

所以无论是探索型作家，还是大纲型作家，我们都应该有一个属于自己的大纲，让小说聚而不散。

当然，也会有很多人说，我写东西从来都不用大纲，就是想到什么就写什么。

但其实这种说法是不正确的，只要你心中有一个冲动、一个想法……想将一个故事写下来，那么这个冲动与想法，就是你的文章纲要。

这也是我们接下来要探讨的内容。

第二节　设计大纲的目的是什么

设计大纲的目的是设立目标。

我们在提笔之前,无论思维如何发散,都要在下笔之前,确定"我要写什么"。

想写女主被渣男欺骗,随后重生复仇的故事。

想写仙侠,为大爱,为小爱,经历磨难,一步步成为至尊的故事。

世上的文章千奇百怪,但所有文字都是用来传递思想的,无论你想写短视频文章、想写历史、想写玄幻、想写言情,总有一种或多种情绪需要表达,你想让读者从你的文字里获得什么呢?休闲的乐趣,还是清奇的脑回路,抑或是不朽的精神。

它是你写这篇小说的目的,是这篇小说诞生的初衷,是提笔之前,确定"我要写什么"的初定大纲。

前天晚上,我上床睡觉的时候,一闭眼,突然想写一篇武侠小说。

武侠小说写什么?

当然是写主人公劫富济贫,成为武林好汉,最后打遍天下无敌手,成为至尊。

为了体现主角一步步从末位走到高处，他（她）的出身一定要低微或者身世坎坷，原本出身名门，却因为某种原因流落街头。在成长的过程中，他（她）得到了很多正面的帮助，也有邪恶的势力阻挠他（她），但他（她）终于克服了一切困难，成就一番伟业。

有了这些简单的想法，一个文章的开端和结尾便已经被一条线系在了一起。

很多探索型新人，便会停在这一步，直接提笔写小说，因为详细的纲线，会磨灭掉他们的创作欲，不如就这么设计一条线，然后随性发挥。

但细化大纲，不仅是为了让大纲型新人掌控全局，提前知道小说每一个节点的设置，更是为了提前避雷。

所以，无论是探索型新人还是大纲型新人，都要知道如何细化纲线。

也只有这样，我们才能更好地将这个知识点融会贯通，设计出一份适合自己的大纲。

第三节　如何细化纲线

文字是皮，文章传递的信息是血肉，文章大纲就是骨。

短篇还好，三五百字可以清晰地讲明一件比较简单的事情。但是长篇，就远远不止一条纲线这么简单。

就像人体要由206块骨头组成一样，想写出江湖的风波不止、历史的厚重反复、玄幻的豪爽烂漫……显然一块骨头并不足以支撑这样繁冗庞大的系统。

所以我们要学会在第一条纲线上进行切分和细化。

这也是大纲型作者必学的，是探索型作者需要知道的概念。

还是回到我之前假想的武侠小说上。

一个主角，要如何从平凡走向人生巅峰呢？我们来思考实际的过程问题。想要变强，除了自身的资质外，很重要的是外力的堆砌。

比如，恩师的教育、美人的襄助、朋友的帮扶、宝剑的加持、财富的获取……甚至是敌人的打压。

你看，这些东西是穿缀在主线上的珍珠，每一事件都可以将主线分割为独立的小环节。也可以说，是这些相互较独立的事件，有序叠加在一起，最终被建造成了完整的故事。我通常把这种将小事件排列成纲的工作，称为"穿项链"。

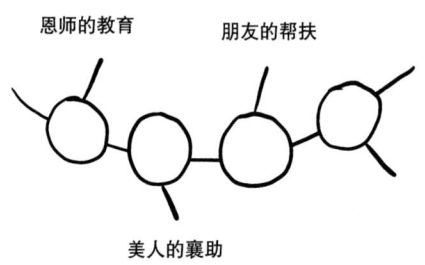

穿项链

有人说了，你讲这么多，都是很简单的事情，我规划在脑子里就好了，根本不需要一边写一边对照大纲。

但好记性不如烂笔头，细化纲线不仅是为了让自己知道"我写的是什么"，更是为了让我们能在整理剧情的时候，避掉可能会踩到的雷。

1. 从情绪上说

如果文章时时处于同一基调中，就不能有效地牵动读者的情绪。比如爽文，你不能一直爽，得到异宝后得到美人，又得到惊天的财富，基调不断走高，主线容易崩盘，我们要擅于制造"抑扬"。以武侠文为例。

若是主角在一个情节中，得到了一把绝世神剑，这种武器上的升级的确能给人带来快乐。但这种快乐是单薄的、脆弱的，容易被忽略与遗忘。但如果我们在"得到宝剑"这枚珠子之前，加入其他珠子，比如主角之前的武器折断了，再比如主角正处于敌对势力的围捕之下，这种情绪上的压制，就会让读者更加渴望下一个情节的力量爆发。

有一个词很好——"绝处逢生"，但"生"只是人的一种常态，要先创造"绝处"才能令人在刹那间去体会生的可贵。

充分调动起读者的心理，并不单纯是从文字修辞手段上去进行，要自大纲起，就将代表"抑"的珠子，与代表"扬"的珠子交错穿插在一起，这就是有些作者的文字很朴素，但情节依旧令人心情七上八下、欲罢不能的根本原因。

所以，设计大纲是可以让小说情绪的张弛在我们掌控之内，避免提前出现情节平淡这个"雷"。

2. 从取舍上说

有些小说前期高潮迭起，读者响应度极高，但到了中部却开始疲软，跟读数据直线下降。究其原因，是一部分作者喜欢在文章中期安排主角与同等级高手的各种平行大战。

大战要不要？对于武侠小说、玄幻小说，大战自然是煽动情绪的一把利器，但对战的写法也是有讲究的，主角战胜一两个尚能保证在"好看"的水准之内，但没有间隙地轮番跟七、八、九、十个相同战力的敌人比较高下，若如此，文章就失去了起伏与期待感，只让人觉得繁冗拖沓。

毕竟对于热血爽文来说，主角最终胜利是种必然，在这样的必然之上，我们只有去创造意外，令过程波折，才能满足读者日益提升的精神阈值，而不是简单堆砌胜利，妄图以质量不高的胜局搅动人心。

那么如何避免这种情况发生呢？

最好是在建立大纲的时候，就杜绝这种会让自己陷于死地的自缚陷阱。

大纲设计出来之后，可以好好审视每一个情节的设定（每一枚珠子），规避和及时删改冗长又可能无趣的部分。

当然，有人可能会说，我之前的情节，就是将后继发展带到了死路上，必须写"战九宗，战十宗……一百宗"。

遇到这种情况，应该怎么办？

我说过，大纲就是罗列我们在写小说过程中想要完成的目标，目标虽然是坚定无法更改的，但过程可以迂回商量。如果我们在审视自己大纲的时候，发现了一些极难破解的难关，我们可以拆分或者简化它的内容。

比如，"战十宗"实际上等同于十宗最强，那么在"战十宗"之前，设计一个情节，提前选出十宗的最强者，再让主角与他打一场，就直接达到同等级战力第一的效果了。

又比如，我给读者提前下的暗示是"战十宗，争仙缘"，但我在实际设定情节的时候，直接跳出一战又一战的重复，在"战十宗"的败笔设定里，加上突如其来的天灾终结大战，或者与十战争仙截然不同的新仙缘出现……

这些大纲外设定的增加，强化了意外感、新鲜感，都可以将作者从无趣又冗长的情节中直接拯救出来。

不要以为自己辞藻华丽、脑洞清奇，就能掩盖情节的苍白，从大纲源头杜绝"坑"的出现，才是解决问题的根本。

所以，设计大纲，可以提前避免一些情绪无递进，让读者感觉无聊的情节设定，并准备相应的解决方案。

3. 我们来谈谈设计大纲对高潮堆叠的好处。

在这里，我要隆重介绍一种"逆推"法。

这个"逆推"是极好理解的，还是以武侠文为例。

比如，我要写主角在一场波及整个武林的大浩劫中脱颖而出的情节。这绝对是文章的大高潮，那么站在这个高潮之上，我能看到什么？

首先想到的是，既然主角要脱颖而出，那么他必须已经拥有了一定的战力，什么宝刀、宝剑、宝马，都需要堆上去。这些外物，不是在打架的时候突然从天上掉下来的。那么在这个大高潮之前，我必须做一枚"珠子"给他提升装备呀。

这样一回溯，大高潮之前的一个小情节就有了。

除了装备，我们还需要人物，不管是主角的铁哥们儿，还是敌对势力的大佬高手，必不是从打架开始才突然介绍的吧？所以在大高潮之前，我还必须做几枚"珠子"给他安排人马，梳理江湖关系。

这样一回望，大高潮之前的几个小情节也都有了。

我只是举最简单的例子让大家搞明白这个"逆推"法的原理，大家可以将此法代入自己所想的每一个情节中，"为了干好这件事，我需要什么样的东西？"抱着这样的思维方式进行思考，很多问题就能迎刃而解。

所以，设计大纲，可以让我们把控高潮，提前将无数小情节、大高潮串联起来，让小说剧情更合理。同时也能提前避免一些因为不合理的"实力提升"、突如其来的"深情"而让读者觉得假的"雷"。

4. 设计大纲可以避免要素重复。

有人曾总结过写小说的爽点，无外乎是由死向生、惩罚恶人、襄助善者、得到嘉奖、财富积累、美人青睐、能力升级、寻宝，等等。

说得浅显一点，直接将每一个爽点，在大纲中安排一遍，尽量不要重复，或者间隔几个不同种类后再重复，这样可以直接在骨架上，保证文章内容的多样性和趣味性。

这种类似公式般的捷径，我们很难在正式写作时去注意，但在设定大纲的时候，却很好架设。

所以，设计大纲，是可以提前避免因为要素重复而给读者带来审美疲劳的"雷"。

同时也能让自己开启上帝视角，能够"审视"自己的小说。

说到这里，可能就会有人提出疑问了，不对呀，小旋呀，你说的那些，大纲型新人肯定都能很好地掌控。但对于探索型新人来说，提前知道小说的剧情，不就是抹杀我们的创作欲吗？我们根本没办法这么做，那又要怎么做才能避开那些雷呢？有什么适合我们探索型新人的大纲吗？

不要着急，如果之前的内容，可以称为文章开笔之前的"前纲"，那么这之后要提到的"后纲"，便是探索型作者需要学习的大纲，也是大纲型作者写长篇小说需要掌握的知识点。

后纲是什么？

后纲就是擅于记录我们已写内容的文章要素。收集我们每天写小说时发散出来的灵感线索，然后在一两个情节后或者更合适的时期，了结或者延伸之前的纲线，这样从整体上看，文章的逻辑与结构依然是完整清晰的。

通俗来讲，就是边写剧情边写纲，时不时地回顾剧情是否围绕主线，是否有起承转合，是否踩了雷点。

第四节　怎么量身定做适合自己的大纲

上面我提到过，作家分为两种：**探索型作家和大纲型作家**。

对于探索型作家，太过详细的大纲会磨灭掉他们的创造性。

因为，探索未知，才是探索型作家持续创作的源动力，如果将所有的框架都想出来了，提前知道了"以后"，对于他们来说，这个故事已经结束，不再具有挑战性。

而我所遇到的探索型作者，成绩比较好的，常见于短篇作者，一旦涉及长篇，虽然肉眼可见无限激情与脑洞，但很容易出现文章中期过于发散，内容无法集中，以及文章后续不能顺利收尾的"事故"。

对于此类作者，我比较推荐他们能够从事短篇小说方面的写作，或是从短篇入手练习，等攒够一定笔力后，再挑战百万字的长篇。

同时，想要量身定做适合探索型作者的大纲，就要从探索型作者普遍存在的两大特征入手。

第一个特征，因很难提前布纲，写小说中途容易走偏，导致中期内容发散，最后结局收不回来。

第二个特征，探索未知是探索型作者创作的源动力。

解决第一个问题最主要的一点就是，要设立目标，确定"我要写什么"。然后坚定目标不动摇，保证小说不散架。

又因为这是常规大纲的第一步，便也保留了一定的"未知"，还有探索的空间，可以让我们的脑洞在限定框架里，放飞到极致。

同时，好记性不如烂笔头，特别是对于想写情节较为复杂的长篇小说的作者来说，就必须给自己建立一个"后纲系统"。

边写剧情边写纲，同时问自己三个问题：

这个剧情脱离主线了吗？

这个情节踩中雷点了吗？

这儿挖的"坑"想好怎么填了吗？

如果踩中前两个问题，无论那个脑洞多么精彩，都删了，不要舍不得！

如果踩中第三个，没想好怎么填的，就暂时别写，因为"一个谎需要无数个谎去圆"。一个没想好怎么填的"坑"，需要无数个"坑"去填，填着填着往往会填成巨"坑"。

写作是展现表达欲，但同时也是控制表达欲的修行。

说完探索型作者的设计大纲思路，现在就讲一讲大纲型作者的设计大纲思路。

对于大纲型作者，设计大纲对他们来说可以算是一种享受，一种可以掌控全局，将想象中的世界通过自己的笔逐步具象化的享受。

所以只需要按照传统的起纲方式设计大纲即可。

那便是先明确目标和设定，通过前纲建立小说框架，然后通过后纲润色完善。

但大纲型作者的普遍特点是：

（1）拥有一定的大局观，喜欢掌控全局，还没动笔前，便对自己的小说有了一个清晰的认识。

（2）因为太过于喜欢掌控全局的感觉，容易太过于面面俱到，在细微处抠细节，让小说失去意料之外的"惊喜"。

所以大纲型的作者设计大纲时，设定和目标需要清晰，但"前纲"不能写得太细！

剧情的写作和想象的框架还是有细微差异的，在想掌控全局的同时，也要控制一点掌控欲望。给小说的剧情留一点可操作空间，允许小说拥有"意外之喜"。

希望我的这些分享，能让你收获"意外之喜"。

当然，值得一提的是，正如世界上没有两片完全相同的叶子一样，每个人写的小说，都会以不同的方式接近属于他的风格。

上述两种只是不同类型作者的两大类，有人偏向于探索型，有人偏向于大纲型，有人则是两者混合型，但无论是什么类型的作者，只要知道设计大纲的"内核"，便可以为自己设计一份适合自己的大纲。

"内核"总结来讲便是：大纲是小说的框架，可以让我们聚焦主线，让我们提前避雷，让我们在提笔前知道自己要写什么。同时让我们的想象力在既定的框架里遨游。

只要我们设计的大纲能够满足上述条件，就是一份很好的大纲了。

第三章

万事"开头"难,但也有迹可循

熟悉网文的人，大多听说过"黄金三章"，但其实这个论调，放在如今这个快节奏的时代，已经有一点点过时了。

如今的读者，大多数人只会给予一部小说两三页的耐心。差不多五六百字吧。

所以我更倾向于"黄金一章"，或是开头第一句话，就要准确地告诉读者，你写的是什么题材。

这样才能迅速留住喜欢这个题材的读者，提高留存率。

其实不只网文，任何文体的开头都十分重要，就像人与人相见，有"第一印象"的说法，文章的开头就是作者与读者的初见。

有很多新手，都有过：有好点子、有好大纲却不知道从哪一个角度切入才能留住读者的困惑。

本章我就来给大家讲讲，文章开头到底要讲些什么东西。

第一节　开头核心

1. 主角。

主角是贯穿整个故事的焦点，读者喜欢将自己代入主角的经历，去深度体会小说带给人的新奇感，所以设计出一个好的主角，就是文章成功的第一步。

很多新手正是因为注意到了人设的重要性，便在塑造人物方面耗费了大量的心血，浓墨重彩地渲染人物的外貌、服饰、神态、气质……力求给读者的第一印象，就是精心装扮后的绝世天骄，恨不得把"我是主角，与众不同"八个字直接写在主角的脑门儿上。

在我看来，一定的渲染和强化虽然是必要的，但文章开头只需读者能清晰分辨主角是谁即可，毕竟读者留给我们的耐心是有限的，我们必须将文字放在最重要的地方。

2. 故事的卖点，或者说你能给予读者的期待感。

文章开头更重要的地方，自然是故事的卖点，也就是"故事性"本身。

不要小看这三个字，我们所要讲的所有重点，都涵盖在这三个字里。

永远不要忘记,你是在讲故事!

这也是"怎么写好文章开头"的重点。

第二节 如何切入

1. 基本的文学素养。

刚刚已经说了，小说的开头就是小说的脸面，也是读者第一眼认识你的渠道，小说的文字风格、逻辑、立意……都会体现在开头的文字里，直接决定了会不会被喜爱。

在开篇的时候，请尽情展现自己的文学素养，让读者期待局面发展的同时，也认同你的表达方式。

不要问我，文学素养到底是什么？一句话要怎么写，才显得有素养。每个人的文字风格都不一样。

像辞藻华丽、诗句伴行的文章有人喜欢；像寥寥几句就能勾画出一个场景的简洁方式也同样有人喜欢。读者不会固定只偏好一种表达方式。

当然，你也不用刻意迎合所谓的好文笔，丧失了我们本有的特色。

我们的文字表达方式，藏在看过的书籍里，经历过的人生中，是独一无二的。

但用词精准、立意深远是好文章的共性。

先说说用词精准。

这也是很多作者毕生追求的境界，也是写文章最基本的要求，若无法达到，便多读书多写作，等你学会了用词精准，那独属于你的文学素养，便也形成了。

自此，你就可以去追求更高的文学境界，那便是：立意深远。

2. 设定（文章属性）可以迅速给读者心理暗示。

之前有段时间，很流行"一句话讲故事"，一些暗示性的设定，很容易带给读者期待感。

比如，"我的父母在我小的时候抛弃了我。25年后，等我有房、有车、有了份好工作，他们却找上门来了。"

这样的一句话，即便情节没有展开，也能立即让人脑补出各种剧情，有人会共情主角儿时的悲惨经历，有人会期待主角的成长……更有人特别关注主角成功后对配角的打脸。

一旦读者有了期待感，开头就成功了大半。

比如，"我被挂在学校表白墙上了，一连七天都挂着我不同的照片……"

这句话一写出来，读者立即就能品出恋爱小说的滋味，然而如果再补一句："可那都是我在家最私密的模样。"文章的暗示立即转向惊悚小说，又或者换另一句："可我确信，照片里那搔首弄姿的女人，绝对不是我……她，到底是谁？"读者心里一紧，小说的走向马上朝悬疑发展。

从上面的例子可以看出，文章开头的许多话，直接定义了整个文章的概念与走势，读者通过分辨和脑补作者的暗示，可以在心中形成对故事后续发展的期待感。这就是为什么"杀手重生""菜鸟逆袭"……这些简单的开篇就能立即抓住一部分读者的心了。

这些初始设定的特点都是大众所熟悉的，不需要过多阐述背景、因果，就能令读者自动脑补爽感并默默期待的事件。

同时，这也是特别讨巧的一种技巧，建议新手尝试。

"太子与太子妃很恩爱，但我是太子侧妃""这个女人很正经——喝酒后除外""我是一个废材，但我曾经是大陆第一高手"……简单但有冲突的话，在正常人的三观、常识、道德基础加持之上，不需要再次解读，就能读出暗示。

当然，也有的人脑洞大得出奇，总能想出一些新的东西，但如果需要用大量笔墨，引用一些全新概念，甚至需要重新创造一个新的社会体系才能让读者去理解其中的反差、暗示、期待。那这些设定，新手最好不要碰。

因为写这类新奇的设定，是需要一定的笔力和阅历的，要深入浅出、循序渐进。

需要我们在开头就迅速找出这种新奇概念，与人性相关、与大众熟悉的环境接轨，从能直接切入读者关注的点来写。

如刘慈欣老师写的《带上她的眼睛》这段开头：

"连续工作了两个月，我实在累了，便请求主任给我两天假，出去短暂旅游散散心，主任答应了，条件是我再带一双眼睛去，我答应了。于是他带我去拿眼睛，眼睛放在控制中心走廊尽头的一个小房间里，现在还剩下十几双。"

而没有这般功底的人，在开头或后续情节展开时，通常会因为新奇设定需要去大量解释"为什么""是什么"，无法直切读者爽点，在开头浪费无数笔墨，消耗读者耐心，让人读不下去。

不管怎么样，设定会直接筛选掉对这些设定不感兴趣的读者，也会留住对此感兴趣的读者。

我们在动笔写小说之前，一定要明白自己想写什么，并把自己文章的立意与部分走势，在开头第一段就要暗示出来。

这也是"怎么写好文章开头"的要点。

3. 打脸要有持续性和升级空间。

为什么我们通常会把网文叫作"打脸文""套路文"。是因为网上通俗的"梗"已经被人写滥了，但又因为相对比较好上手，容易出冲突和矛盾点，导致很多新手一下笔就是"退婚梗""打脸极品家人梗"。

但这些桥段，很多人都没写出精髓。

通常，这些"梗"的流行，是因为它符合"人性"，符合人想虐渣，想"伸张正义"，但现实中很难实现的一种愿景和期待。

既然是期待，便是一种过程，而非结果。

比如，女主重生要虐渣男，很多读者去看这种类型的小说，就是在享受打脸渣男的过程，一旦渣男被女主彻底降服，没有了任何反抗的空间，那渣男就不再具有挑战性，便也失去了打脸的意义。

这么说可能有很多人不明白，我来举一个言情文的例子，可能不够恰当，但有助于理解。

很多人看言情文，就是看男女主那种极限拉扯与暧昧的过程，或者默默相互扶持的过程，而如果真在一起了，就瞬间可以结局了。

因为，期待已经被满足了，就不需要再看下去了。

但很多新手不知道这种"读者"的微妙心理，觉得要在开头直接解决掉渣男，让女主重新展望新生活。

但女主的新生活是什么呢？在没有引出下一个期待点的时候，就把上一个期待点结束了，你让读者看什么呢？

或者说，读者为什么要看下去呢？

我们写文章、写爽点，并不是单纯要爽，而是要让读者在爽完之后，对后续情节产生新的、强而有力的期待感。

如果在设计打脸的时候，一次把人打死了，读者爽完也就不看了。

所以要在爽的同时，继续抛出鱼钩，简单来讲，就是"打脸要有持续性和升级空间"。

比如，把渣男虐到了，但没有危及性命，让渣男逃了，女主暂时找不到他；或者渣男主实力高超，女主必须修炼，然后在寻找或者修炼过程中埋下新的期待点；又或是渣男身后，其实蛰伏着更强大的势力等着主角挑战……

这种延续性的情节设计，能让读者在爽完之后，继续保持对后续情节的热情。

当然，在后续内容中，如果脑子里都是拉踩，整篇小说都只是打脸，那对于小说来说，几乎就没有层次感，读着容易倦怠，让人读不下去。

不过这些都是其他的知识要点了，在这里讲就要偏题了，所以具体的我都会在第六章"小说，怎么写才爽"里详细阐述，大家可以期待一下。

嗯，我刚刚好像埋了一个期待点。

4."金手指"的运用。

文章好不好看，本质上还是一个感官刺激问题。每一篇小说，或多或少都有"金手指"的运用，"金手指"不限定于网文。

在《阿凡达》里，爱娃的偏爱，就是杰克·萨利的"金手指"；在《基督山伯爵》里，睿智老人在监狱的馈赠，就是爱德华的"金手指"……

在网文世界里，"金手指"更是满天飞。有的时候，"金手指"设定的好坏，不但决定了读者的喜爱程度，在更深层面，它还决定着文章的必然结局。

大家都知道，所谓"金手指"就是主角开挂的方式，它可以是一件神奇物品，可以是一只战兽，可以是一个人，甚至是一种诡秘状态。

很多读者都是通过主角性格，以及"金手指"的运用方式，来筛选自己想看的文章。如果"金手指"流于俗套，过于常见和大众化，对读者的吸引力就会直线下降。

在文章开头，一定要及时地推出自己的"金手指"，并通过一定的描述，使其成为读者期待故事后续发展的重要纽带。

一般作者不具备随时推出全新概念的能力，但是通过深化、变形一些原本普通、大众的"金手指"，却可以相对简单地获得文章新的生命力。比如"系统"这个概念在小说界，特别是网文界已经比比皆是，大家应该毫不陌生。大众对"系统"的一般定义，就是一种未知智慧或者体系，通过发布任务、发放奖励的方式帮助主角完成目标、获得成长。如果每一个"系统"文都这样写，读多了就会令人渐渐觉得没有新意。

有新意的"系统"是什么样的呢？

比如，主角需要丹药进行破阶时，系统赠送给他的丹药并不是从系统商城领取，而是控制主角身体，去主角目前完全得罪不起的高手房间内偷盗得来的。在这个转化过程中，主角就需要面对强敌，情节自然而然出现令人兴奋和期待的矛盾焦点。

又比如，主角完成某个任务，并不需要系统的嘉奖，系统却固执地觉得必须给主角嘉奖，直接赠送他新的道侣，强行控制主角身体，去得罪根本打不过的女修。

这种全新的"系统"，就在故事开篇给人一种耳目一新的感觉，不但"系统"这种固化的概念发生了彻底的变化，更重要的是，这种变化之后，带来的情节不确定性是令人无比期待的。

以上只举这一个小例子，希望大家能管中窥豹，合理安排自己的"金手指"，设定出有趣又博人眼球的"金手指"。

这也是"怎么写好文章开头"的要点。

5. 文章开头带给读者的期待感（倒叙、悬疑、信息量及其他）。

之前第三点讲的是打脸的期待点，这次讲的是其他期待感。

之所以分开讲，是因为在网文小说里，"打脸"太常见，所以详细阐述了应该怎么写，而这里涉及的几个期待点相对较少，所以可以一起讲。

同时这些也是可以让小说写出新意，相对好上手的点。

又回到最开始提出的要点："不要忘记自己是在讲故事"。

文章开头的本质，就是要让人对故事的发展有一定了解，并产生期待……哪怕读者所期待的，并不是作者想给予的，但"放出钩子"这件事是作者必须去做的。

张艺谋导演2018年执导了一部电影，名为《影》，这个电影的开头就是用倒叙法进行了处理，主演异常紧张地透过有缝隙的大门向外张望，仿佛门外有涉及生死的大事正在发生。主演生动的表情以及急迫的配乐立即让观众产生好奇和紧张的情绪，画面一闪而过，真正的故事，开始从头讲起。

这就是典型的倒叙手法，电影、小说都有异曲同工之妙。既然开头写设定太容易让人昏昏欲睡，写简单打脸太俗，不如尝试一下倒叙，直接推上故事前半部分最激烈、精彩的部分，充分调动读者的兴趣，再将故事娓娓道来。

悬疑也是近年来极火的题材，它本身的属性就赋予了文章强烈的期待感。所以现在玄幻、仙侠都在尝试与悬疑嫁接，甚至还衍生出诡异、诡秘。

说穿了，小说的开篇，都是尽力在为读者营造期待感，不管是回忆法、设定法、倒叙法……无一不是希望伸出钩子，留下读者。

这就是讲故事的本质。

你需要延伸一条或者多条线索，吸引读者沿着暗示的方向去期许和追逐，释放一定的信息量，丰富自己的故事宇宙。

聪明的渔者，在捕鱼的时候往往使用多条钓竿，甚至直接撒网，那就是他前期布设的信息量，从方方面面切入，也许一个疑问不足以留下他的读者，一场复仇，也不足以令读者产生十足的兴趣……但在他布设的网络里，诡秘、复仇、悬疑、爱情……总有一个简单的暗示，吸引了读者上钩。

这也是"怎么写好文章开头"的要点。

6. 创新永不过时。

标题即我想表达的内容，市场的上小说千千万万，那些最吸引人眼球的，永远都是标新立异的、生动鲜活的。

但我们的所思所想，都会局限在我们的所见所闻里，如我们想象中神明的形象、外星人的模样，基本无法脱离地球上生物的特征。

在我们的想法没有办法飞那么远的时候，其实可以借助熟悉的东西，重新排列，创造出新意来。

我称之为：从套路中出新。

比如，很早以前的小说，都是女主重生，后来有个作者让恶毒女二重生，读者在上帝视角得知这事后，就异常担心女主，怕女二胡来，便也勾起了读者看下去的欲望。

于是，这篇小说火了，创新成就了新的套路。

又如，在很早以前，修仙小说只是单纯的修仙小说，大家都安安静静地修炼升级、谈恋爱、寻宝、复仇、行侠仗义等。

但是，有的作者把现代的"996""咸鱼""内卷"等，带到了这个世界。

于是，这篇小说火了，创新便也再次成就新的套路。

这些新奇的设定在开头引出后，便会迅速吸引读者的关注，同时因为网络沟通的便利，许多人的思想汇集在一起，便碰撞出了无数火花，总会有数不清的"新梗"出现，而当我们将这些"新梗"与旧的东西融合在一起，是否就又能创造出新的火花？

当然，有的人的思维，是非比寻常的，总能挣脱出人类想象的框架，创造出一些常人想不到的设定。我愿称此作者为"天选脑洞者"。同时也希望大家都能跳出舒适圈，创造出更多有意思的开头，引领市场。

7. 开篇定全文。

有些故事的开篇，只有短短几行字，就完全道出了故事本身所有的特质，以致之后详细的故事描述，只不过是这区区几行字的补充而已。

正如《安娜·卡列尼娜》开头的第一句：幸福的家庭家家相似，不幸的家庭各各不同。

不用我赘述，相信大家一见就知经典，想要写出这种"开篇定全文"的开头，需要对人生有极大的感悟。

这其实也是我在第一点"基本的文学素养"里讲的，等你学会了用词精准，那独属于你的文学素养，便也形成了。自此，你就可以去追求更高的文学境界，那便是：立意深远。

那几乎汇集了你一生的知识，所有的人生感悟，在提笔写下开头时，它们会直接展现在读者的面前。

这样的开头，不需要过多的写作技巧，便能带给读者直抵灵魂的冲击。这种冲击，甚至会让读者将作者视为知己，或者引领者。既然是看知己、引领者的书，又怎么会"弃坑"呢？

这也是想要去追求更高境界的作者们可以去尝试的，毕竟高山，都是用来攀越的。

第四章

新手永远的痛：中途写不下去了该怎么办

这是一个普通写作课不常提及的话题，却是许多作者一定会遇到的疑难杂症。

这里我们就好好分析一下这个痛点，看看你到底是遇到了哪只"拦路虎"？我们又有什么办法去解决它。

要想解决问题，首先要分析问题的源头。

比如，因为笔力太差，导致文章写不下去。

如果只是这个问题，那太好解决了，因为你选择了我的书，好好跟着书学下去，再多加实践，写作能力一定会有质的飞跃。

以下内容才是本章真正的干货，大家对照一下，你到底属于哪一种情况？

第一节　想法太多，导致文章写不下去

俗话说得好："大纲设定一时爽，正文动笔火葬场！"许多新手，一提到大纲设定和新想法，都有数不清的点子，但是把这些纷乱的想法整合成一个完整的故事，就是用尽了吃奶的力气也干不出来。

发生这样的事情，无外乎以下几种情况：逻辑混乱、脑洞多但不完整，还有灵感重复选择困难。

解决逻辑混乱很简单，我们可以把自己的想法看成是一堆打乱的毛线，想要清晰地分辨它们，我们得学会整理。不要以为灵感爆棚就是一个天生的作者，想法只是写作的第一步，拥有归纳总结的能力，能控制自己的发散思维，并把它们汇集到一处，才是写故事的要点。

那么应该如何归纳总结呢？

如果受脑洞太多的困扰，又无法在闭目冥想状态下将它们梳理，就应该利用笔记。把每一个想法清晰扼要地记录在笔记本上，这里提到的"笔记本"可以是纸质笔记本，也可以是电脑工作文档，甚至是"码字"软件附带的记录功能，具体用什么载体无所谓，但我们要有"将想法先变成文字"的这一步。

不要以为这样的记录可有可无,百分之六七十的新手在做这一步之后,就会立刻感觉到原本让自己兴奋不已的脑洞突然变得无趣,迅速失去了令自己激动的力量。

是自己"脑洞"变化迅速吗?是自己格外喜新厌旧吗?

不是的!

只是把"脑洞"变成文字之后,观者才会察觉,失去了脑补加持,其实自己的"脑洞"并不完整,甚至冗长重复,真要将想法实现成小说,缺乏很多要素堆积和加持。

比如一句话:"我又死了一次。从上了这趟高铁后,我就陷入了死亡循环,永远活不过两点半。"

这个设定是惊悚猎奇小说的走势,看第一眼,的确能让人肾上腺素飙升,但再仔细盘算、具体规划,就会发现要制造的,绝对不止惊悚感那么简单。

首先,"我"是谁,要去进行刻画。

其次,"永远活不过两点半"暗示着"我"至少要有两到三次死在列车上的经历。这两到三次的经历怎么设计,怎么层次分明地递进,是自己最开始根本没有想到的事情。

还有,"为什么总会死?"这件事或许还需要一个解释。

掰手指算算,以上一句话的脑洞,充其量只不过完成了整个故事的十分之一,也许作者在写下这句话的同时,其实还做出了一些其他规划,但真的开始写作时,还是会发现很多盲点需要补充。于是便被硬生生地卡在了这里痛苦挣扎,造成了中途怎么也写不下去的问题。

还有一种情况,叫"选择困难",就是脑海中的开头都一样，但情节走向可以有两种或者数种以上，身为创作者的自己，光是发散思维就觉得一团乱麻，根本无法从纷繁的支线中去选择最好的一种确定下来。

不管是逻辑混乱、情节残缺，还是选择困难……在这里，我们都要摆正心态，不是所有成熟的作者都能一气呵成地连贯写出自己故事的整个脉络！

能写出一个"不完整的脑洞"，已经是相当不错的一大步了。剩下的事情，就是不断地练习。

就是在"不完整"之上，确定一个主线，丰富细化主线情节需要的脉络，把不能确定是否要用的情节画圈，而后根据剧情发展进行二次想象、填充或是直接删除。

同时在限定框架内，放飞脑洞，而不是任自己的脑洞无限制地、漫无目的地发散，不断地抛出一个又一个令人兴奋却想不到结尾的开头。

有没有感觉这个知识点有点熟悉，其实就是一个设计大纲的过程，我在第二章第二节有提到过。

这个过程可能很短，也可能需要耗费数小时、数天甚至数月去完成。

那有人又要问了："小旋呀，写出不完整脑洞已经是我的极限了，我并不知道怎么去填补其中的空白，你能教我一些技巧和要点吗？"

这种情况，其实可以归纳到第二节，下面请更认真地阅读我的分析，必要的时候做点笔记。

第二节　有想法但表达不出来

"有想法"和"想法无法形成文字"并不矛盾，有些人对某一方面的想象极其充沛，但一本书、一个好故事所涉猎的方向必然是方方面面的，一定有某些环节，作者比较擅长，一些盲区，作者往往无法用自己常规的经验克服，导致断笔。

你可能想象出了一个极宏大的世界，其中主配角人物鲜明，但就是卡在某个小情节上，进退两难；你知道之前发生了什么，也能预知之后会发生什么，但在当下，你完全不知道用什么去填补两者之间的空白。有时为了度过这一段尴尬的时期，你硬着头皮写，东拼西凑地找来一些细节，强行将过渡章节完成，这样写出来的东西，不但读者诟病，就连作者自己，恐怕也不想回头再看自己写的到底是什么东西。

很多年前，我们不时还提"高潮""过渡章节"这些名词，但现在，随着信息时代的发展，读者阅读要求的提高，甚至过渡章节都需要精彩纷呈，紧紧地贴合自己的受众，力求在不是情绪爆发的章节，也不落下一个读者。

在这样的要求下，硬写是不可取的。

不过大家放心，我们这一节重中之重，就是送大家几样神器，抛弃"硬写"这个手段，帮助新手们在写作的雨林中顺利开荒。

第一大神器："草蛇灰线"。

我有一个朋友的文章（大长篇）经常从细处散发灵感，给人意料之外的惊喜感，前后逻辑衔接特别合理，受到了粉丝们的一致好评，"草蛇灰线"甚至成为她的风格标签之一。我曾问她，这样精妙的线索，到底是如何提前设计出来的，而她的回答，却令我大感意外。

她说，绝大多数支线的交错，都不是提前设计出来的，而是在灵感卡壳里，重新筛选和迅速二次创作出来的。

这话是什么意思呢？

就是她在卡壳的时候，会立刻回看自己之前的情节，挑选出有留白又与主线相关的东西，放在空白处进行深度加工。

比如，之前某个配角设定得十分出彩，是一个不按常理不好好说话的人物，日常对话总是吟诗，让人不知所云，这本就是她一个闲笔，写完了就丢在一旁，并没有在最初赋予吟诗者更多存在意义，可是到了卡壳时，这个闲下来的人物便突然有了可以再发光的空间。

我们可以写这个奇怪的吟诗者，为什么宁愿每次被人打得鼻青脸肿也不好好说话。

比如写配角的过往小故事，加深文章的广度。也可以写主角与这个有特色又时常被人嫌弃的配角一同外出历练，恰好进入了一个跳出时光之外的避世小城，此城保存着大量在历史洪流中失落的秘籍古书，但此城百姓在日常交流时，都是吟诗作对,而且吟唱水平又不怎么高明,所以极喜爱吟诗的配角,同鄙视只会说"粗陋"语言的人的主角……于是很多矛盾和爽点就此碰撞出来。

除了从人物中找留白,进行二次创作,还可以从人物设定、情节,甚至从不经意的一次场景描写中筛选出二次创作的对象。

这样的操作有什么好处呢?

好处真的是太显而易见了!不但可以不动声色地填补自己灵感的空白区,在两个大情节中穿插一个读者以为早已铺垫好,但其实只是临时起意的小情节进行过渡,还会将文章整体打造得更加精致细腻。读者看到这些,只会感叹作者笔下无闲人,情节"草蛇灰线"逻辑完美!

第二大神器:"打破常规"。

已经开始尝试写作的新人们,你们有没有过这样一种感觉?那就是有些想好的情节,写着写着就特别没有激情,然后开始自我反省,感觉自己文笔虽然不差,写得也算是那么一回事,却总跳不出常规的圈子,给不了自己新奇的体验,说不上哪里坏,也说不出哪里好。

于是,兴趣缺失,写不下去了。

其实令读者感兴趣,也能让自己兴奋的方法很简单,那就是打破常规。

比如,主线故事一开始是讲述主角到达新地点,向恶霸进行报复。这个前因一抛出来,所有读者,包括作者自己,都会下意识判断,这是主角经历种种磨砺,最终与恶霸来一场精彩的大战，就可以结束的情节。

这样想没有错，但什么是精彩？又怎么写出新意呢？

在读者和作者已经完全认定情节走向的情况下，常规的情节无论写得多么精彩，都会在读者的预设范围之内，看多了，不但读者疲软，就连作者自己也会逐渐失去写作的乐趣，甚至不知怎样继续下笔，这时候把"打破常规"这件神器搬出来，尽情使用吧！

我们可以安排，主角一到恶霸地盘，就因为不知道恶霸长相而出手救了他的性命，又在完全不知情的情况下，与他结拜兄弟。

也可以安排，主角一到恶霸地盘，还没来得及找恶霸打架，恶霸就已经被人杀了，而杀他的人，将引出更多的情节分枝。

还可以安排，主角一到恶霸地盘，就落入恶霸陷阱，被人误以为是恶霸本人，被人一路追杀……

总而言之，在不影响主线前提下打破预设，反读者设想而写，甚至不断打破自己的预设去合理设计桥段，能帮助你迅速填补情节的空白，并轻松制造矛盾焦点和爽点。

"打破常规"其实也是创新的一种，而怎么创新，我在第三章的内容中提过。

就是从套路中出新！可以借助熟悉的东西，重新排列，创造出新意来。

具体的内容在这里就不详细复习了，大家可以回头看看。

其实还有其他一些神器可以分享，不仅在这节，之后的

"人设"一章、"金手指"一章、"大高潮"一章……我都会尽力将一些写作技巧分享给大家,希望大家从中得到启发。

下面我们继续分析写文章中途卡壳的其他原因。

第三节　想法太少，导致文章写不下去

大部分作者起笔都是起源于一个想法，但很多人一个想法处理完，就完全陷入灵感的枯竭期。

说句不好听的大实话，其实吃写作这碗饭，思维的活跃度的确是很重要的先决条件。如果你经过大量阅读、大量练习，同时也认真学完了有质量的写作课程，还经常遇到写几笔就写不下去的情况，就要好好思考一下，自己是否真的适合走这条路。

当然，前提是大量阅读、大量练习！别只在那里想了几天，连10万字都没写到，就觉得自己不合适。

第四节　没有毅力，导致文章写不下去

这十年来，我和焦阳也混到了小有名气的地步，慕名而来拜师求艺者数不胜数。说实话，这些人中要说完全没天赋的，几乎没有。因为想走这条路的，本身都是一些懂得表达或者脑洞清奇的人。真的没有根骨的人，根本就不会来咨询写作问题。

但随着时间的流逝，这十年间能成功用写作养活自己的人，凤毛麟角。

并不是写作的门槛高，而是坚持者太少。

经常有人问我，写这些东西或者做视频，最快多久出成绩？

的确，有人一个视频就破百万，有人一本书就封神。但那些只是幸存者偏差。我们看到的迅速成神者，只是千万大众之中为数不多的几个。更多的人，要经过长期的耕耘才能勉强获得一些成绩。

所以我对这个问题的答案是：一年，甚至更久。

一年，用来实践，把写作中的"坑"啊、苦啊，全部吃一遍，深度了解写作到底是什么，然后获取到基本的，能让自己

继续坚持下去的生活费，你才算在写作赛道上踏出了真正意义上的第一步。

很多人听到这话，都觉得离谱，他们迅速消亡的速度，比出现在我面前的速度都快。

他们总是企图用最短的时间学习到最精湛的技能，但这是不可能的。

当然，也有人坚持，但也没能坚持多久。

曾有一个人，天天熬夜工作，三餐混乱，日夜颠倒，没过两个月，身体就直接"报废"，再加上磨炼不够，没有获得几个粉丝的喜爱，于是彻底摆烂。

那两个月的疯狂，每每提起，仿佛都是尽力的证明，但事实只让我黯然叹息。

我身边那些还在奋斗写作的大神小神们，做写作计划的时候，都是以年为单位的。有的甚至会做三年、五年的长期规划，只为了追求一个目标。

写文章，或者说世上任何一门技能，想要打磨明白都不是简简单单就能做到的。

一年的坚持，只是最基本的期限。

当然，身体是革命的本钱，我身边只要写了三四年以上的作者，作息一般都比较规律，白天"码字"，晚上睡觉，很少熬夜。

如果你们是因为喜爱而选择写作，那恭喜你，在接下来的很长一段时间，这种喜爱就是你们穿在身上的铠甲，不断在困难中被消耗，但又在获得成绩时得到重建。

所以，记得坚持啊，在最初的时候，不要因为成绩不好而轻易放弃，这是我对所有已经踏入和即将踏入这个行业的人，最想说的一句话。

好了，回归正题，我们是技巧课，不是心理课程，所以除了那些鸡汤，我们总结一下这个章节的重点。

一旦文章中途写不下去了，我们就要擅于利用笔记，找到自己有意或者无意预设的留白点，迅速进行二次创作。在结合主线的情况下，合理填补小场景的故事缺失，尽情打破常规，给读者也给自己带来惊喜。

写作是一个综合技巧的集合体，有的时候一个方法，并不是只能解决一个问题，问题的延伸则会带来更多思考。

第五章

写小说,这些"核心"不能丢

写小说的核心是什么?

核心就是：要让人看懂。

这看上去像是一句正确的废话，却是很多人写作途中最容易丢失的东西。

在之前的章节中我已经从灵感、开头、大纲等角度，阐述了一些基础的写作技巧，后续章节探讨的写作技巧则会更加深入。

但你们要记住，写作技巧只是菜的调味料，只能给菜增添味道，但不能成为一道菜。

能成为菜的，只能是：写的小说，要让人看得懂。

具体我总结了以下两个要点：

1. 不要"炫"字句。

2. 不要故作高深。

第一节　不要"炫"字句

"炫"字句，有两种情况。

1. 对文笔有着近乎疯魔般的崇拜，但词汇量匮乏。

有些人没办法如他人那样，往外输出华丽的辞藻，便会绞尽脑汁，借助网络的力量，去给小说堆积辞藻。好像，只要文字优美了，小说就好看了。

在还未掌握大量词汇的前提下，硬"炫"词汇量，使用一些不太常见的词语写小说，就容易用词不当，造成行文语义含糊，令读者混淆。

比如，女主侧目而视并说："哥！你讨厌！"很多作者会用这种方式形容女主对哥哥的撒娇，但侧目而视不单是形容人斜着眼睛看人，还形容畏惧或者又怕又愤恨。

这还是简单"炫"词的，还有故意"炫"句子，想要实现所谓深度，结果弄巧成拙。

比如，他转身了，他走了，她伤心了，她绝望了，他们都深爱着对方，但却彼此伤害，有蝴蝶翩翩而下，停在了她长长的睫毛上，扑闪扑闪的，就像她眼里的星光，落入了凡尘。

啊，她好难受啊！她说："哥哥，你为什么，你为什么要这样对我!"

简直不知道这是在表达什么。

根据我多年写小说的经验,写文章,最好能简洁易懂,如果字句的表达稍微复杂一点,让读者要多转一个弯才能明白其中的意思,就会失掉许多读者。

而留下来的那些读者,有一部分可以完全理解;有一部分会将没看懂的信息自动忽略,最后导致曲解文章本意,看不懂文章。

而真正好的句子,应该是用最简练的文字,说着直抵灵魂的"现象"。

比如,幸福的家庭家家相似,不幸的家庭各各不同。

文字本身是没有内容的,有内容的是写文字的人。

2. 作者本身词汇量丰富,底蕴也有,但总是不知不觉就写多,或困在了文字底蕴里。

我有个朋友,在刚认识她的时候,她还是个新人,但文字功底很强,所用字句非常优美,几乎到了赏心悦目的地步。

但同时,她也有自己的弯路,比如,有些情节明明一两句就能说清楚,她会不知不觉地写四五段,虽然字句很优美,但拖累了情节发展啊!

这种问题,在连载期间就特别明显。

毕竟身为读者,追更本来就痛苦了,结果追了四五天了,还在一个情节里转悠!

虽然字句很优美没错,但令人着急啊!

所以写作到后期,她就一直有意识地缩短自己的字句。

同时还有一点就是，她以为的常用词，其实大部分人都不知道，或者一些她以为的常用表达方式，很多人理解起来会感觉生涩。于是造成了信息上的偏差和沟通上的障碍，让读者看不懂。

所以学识相对渊博的朋友们，你们可以仔细回想一下，你的小说成绩不理想，是不是就有这类旁人不点破，自身很难察觉到的问题。

这个问题，其实也可以举一反三到生活里，比如博士们说的笑话，我们普通人八成是听不懂的。

文笔要接地气啊，朋友们。

解决方法就是：词汇量匮乏的作者，用你熟知的词句来表达，不确定的词句不要用。

词汇量多的作者，用你认为最通俗的话让读者看懂。

当然，仅仅是这些，还不足以解决这个问题。

我们点出一个问题的同时，也要给出一个方向。

既然"炫"字句是一个错误的方向，那文笔要从什么方向提升，才是正确的呢？

我认为的解决方法是：用词精准。

顾漫的小说大家应该都知道，以前我分析她火的原因，认为是她的思想内核。

但后来发现，她行文十分简洁，寥寥几句便能勾画出一个小场景。

比如说《你是我的荣耀》里面有一个片段，女主经纪人的老公阿国在教女主乔晶晶打王者荣耀。

三两句话，便将乔晶晶的"坑"和阿国的无奈展现得淋漓尽致。

阿国："这个时候用大招把他吹飞了，等下，我残血你别吹他……到我身上……"

说最后四个字的时候阿国已经挂了。

如此三盘后，阿国擦擦汗，"这个英雄大概不适合你，我们换个英雄试试，孙膑吧，孙膑也挺常用的。"

又三盘后……

"试试牛魔，血厚！"

而你们，如果要表达同样的内容，会怎么写呢？

我认为，同样的内容，给普通人写，字数至少多1～3倍。

多的这些字数，可能会用在女主乔晶晶说的话上面，比如，"啊，阿国对不起，对不起！是我的错！"

或者多在，描写乔晶晶"坑"人后难受的心理活动和动作描写上。

其实可以结合第一章的要点二来看，我们要学会写出一，来让读者感受到二和三，同时在精简的过程中，删除四五六。

当你写出一段文字的时候，可以看看那段文字的表达内容，有哪些二三或者四五六是可以删除的。

当然，删除后，表达的内容的核心是不能变的。

等你们的用词练到一定境界后，就可以追求更高一点的境界——字句贴合人设。

什么意思呢？就是什么样的人说什么样的话，什么样的人想什么样的事。

比如，余华老师《活着》里面有一句话：

我看着那条弯曲着通向城里的小路，听不到我儿子赤脚跑来的声音，月光照在路上，像是撒满了盐。

"月光照在路上，像是撒满了盐"这句话余华老师找了两三天才找到。

当主人公福贵把自己的儿子有庆埋了以后，他在村口看着这条小路，这条小路上的月光，余华老师用"盐"来形容，是有两个意象。

第一个意象是盐与伤口的关系。

第二个意象是盐对农民来说，肯定是知道的，他不能让福贵这样一个农民，看到的是他所不知道的东西。

当然，这不是我通过阅读理解出来的，而是余华老师在一次采访里说的。

而有的作者，在写主角穿越到某个朝代的时候，会让人物随着剧情适当地变化。

比如，让穿越者前期较为跳脱，说的话略显现代化，但到了后期，却一点点地被时代同化，变成了"新古人"。

或是当作者写一个朝代里的土著时，写出了古代土著的聪慧，又能让读者感受到他被那个时代束缚住的思想。

我们不需要达到诺贝尔文学奖大师的水平，却可以将他们的精神追求，他们的文字表达作为自己学习的目标。

还是那句话，文字本身是没有内容的，有内容的是写文字的人。

所以要多读书，多实践。

第二节　不要故作高深

许多想要写作的人,心里都有一个"英雄梦",总认为自己的思想是独一无二的。

特别是看多了"小白文""套路文"的新手们,总有一种这样的心理:我要写,就一定要写一个与众不同的。

这个心理是正常的,代表了有心气。

但软件有,硬件也要跟上才能顺畅运行,否则就容易卡机。

而写作的硬件,就是作者的"人生经验"和"笔力"。

关于"笔力"上节我已经讲过了,这次我们来谈谈"人生经验"。

1. 想探讨人性、现象,但没有相应的阅历。

举个例子。

"他"在读文学的时候,知道了"贫穷"这两个字,觉得这真的是人间疾苦。

同时,他觉得这样很酷,因为这样,他就能跟身边的富二代拉开距离。

那些人只会享受,哪像他,知道人间疾苦。

但是他出生在富裕家庭，未曾体验过"贫穷"，于是他开始想象。

狭小的住处？他努力想象自己从家里的大庄园搬出来，住进了 300 平方米的小房子里。

生活的拮据？他努力想象让爸妈把生活费从每个月 50 万缩减到 5 万。还下定决心体验了一个月。

啊！这真是太痛苦了！他这个月都没办法买衣服了！

他带着这份痛苦，把这些感觉写进了文章里，看得我们这些普通人根本没有代入感⋯⋯

这叫贫穷？！

真贫穷的读者：虽然看不懂他想表达啥，但我想骂他。

而后他收获了一堆差评，或数据惨淡，他感觉很痛苦，感叹一句：这个世界上大多数人都太没有深度了，他们不懂我。

大多数人：请不要碰瓷儿，谢谢。

朋友们，真的，没有真切体悟过的道理，你又怎么能写得清呢？

你写不清，读者看了，自然就看不懂。

解决方法也很简单，就是写自己知道的，写自己的身边事，切勿妄自想象，得深入研究、真实体验。

2. 想描绘想象力，却没有把控想象力的能力。

这其实是一个我曾经走过的弯路。

当我们写多了"小白文"，看多了"套路文"，便想写新的东西，想独一无二，想高大上。

当时我对小说的理解还没有现在这么深，认为所谓的新东西，必定是要完全地脱离大众，全新的东西。最好是大家都没有看过的。

但现在的我认为，新的东西应该是在自身或者大众所熟悉的事情上，加以创新，给人一种新奇的体验。

注意，是新奇的体验。是让人产生这是一种新的东西的错觉，感觉好玩、有趣、有意思。或让读者觉得为什么每个东西我都知道，但组合起来却感觉这么不一样呢？

知乎上面曾有个热门问题：如何以"皇上把一张银行卡甩到我的桌子上"为开头写一个故事？

"皇上"和"银行卡"人人都知道，但有皇帝的时候银行卡还没有被发明出来，所以一旦这种"不搭边"的元素被"强行"黏合在一起，读者就会被催化出完全不同的好奇心：小说说的是有银行系统又有帝王制的王朝？"我"与皇上是什么关系？他为什么要甩给我银行卡……一系列问题迎面而来。

当然，这里可以结合第三章第二节"创新永不过时"的内容进行举一反三。

我们的所思所想，都会局限在我们的所见所闻里。

同时，要从世界观这种宏大设定中出新，并让读者看懂你的想法，也要讲求方法。

很多人构想新的世界，只是将这种新想法流于表面，在脑子里过一遍，有一个大致的形状、模样，但细节却没有。

可是，写一个新设定，要将它变成一部完整的小说，需要考虑许多细节。

还是用我之前踩过的坑举例。

2012年的时候我写过一篇中长篇小说，应该算是我的第三本签约小说。

那时候我就想写新的东西，便把男女主变成魂魄，整个世界的人都是魂魄，属于灵魂世界，但不是阴曹地府之类，而是古玄幻背景。

那时候我还得意洋洋，觉得没人写这种，我一定会是第一个。仿佛这个设定，能让我的文章变得与众不同、独一无二。

但现实却打了我一巴掌。

因为里面除了人变成魂魄外，其他的设定都跟以前的玄幻没啥差别，剧情跟普通的玄幻文差不多。

读者看了，根本没有任何新奇的感觉。在读者评论里，甚至都没有人提到过或者惊叹过这个世界的设计。

一个都没有！

他们没有看懂我的奇思妙想啊！

当时我觉得困惑，现在却能理解，因为那个设想，虽然在我脑海里栩栩如生，但我却没有办法将它融入剧情中，影响了每一个小说人物，使它只能停留在大部分的描述里，导致这个设定有跟没有一个样！

如果是现在的我，就会让这个设定具象化，细化到能够影响剧情的发展，让剧情因为这个设定变得不太一样。从而影响到小说人物，从方方面面、边边角角，都能让读者感觉到这个世界不一样。让读者能看懂小说里的新世界。

比如，增加"灵魂是飘的，肉体是重的，于是灵魂世界的魂魄飞行如走路，但走路却似飞行"。然后借此延伸出各种各样的技能，比如说到达至高境界后，主角才能走路，才能落到人类世界去复仇。同时人类世界在灵魂世界的魂魄眼里，就像是飞升后的仙界一般，魂魄们对此有无限想象。或者是两个魂魄如果撞到一起，不会被撞翻，而是会穿过去。

所以经常有两个或者几个魂魄重叠在一起，打架的时候距离可能是负的，给男女主制造一些不太一样的亲密接触。或者是到了后期，与女主一同飞升的魂魄们在跟人类打架的时候，魂魄说："我最擅长的是负距离打斗，要跟你负距离打！"或者是人类的法宝啊、刀剑啊，直接穿过了魂魄的身体，魂魄们却没有受伤。

总结来讲，要让读者看到、看懂你的新设定，就要将这些设定细化到每一个剧情里，角色的打斗、互动、思维方式，都会因为这个设定变得不一样。

或者因为有这个设定，才会有这种剧情，从方方面面出发，读者才会注意到并看懂你的新设定。而不是让这个设定，只停留在描述上，变成只会占用文章字数的无用设定。

这个知识点其实可以结合第一章第四节"情绪的爆发需要场景的铺垫"来理解。

而新奇设定的铺开，需要从剧情细节处体现。

写小说，很多技巧的核心，其实都是同一个，只是外层裹得皮不一样而已，希望大家以后能举一反三。

这章的内容总结来讲，就是写小说要用词精准，要写自己会的东西，要从细节入手把控想象力。

这其实算是我写作立足的核心了，它几乎是我这几年一直在追求的目标，是现在我还一直为之努力的方向，也是我能达到现在成就的核心原因。

如果你能学会的话，很多写作问题都会迎刃而解。

比如，用词精准了，开头的信息量自然就有；用词精准了，脑子里的画面就能一下子表达出来。

同时，当我们懂得人性，能把控想象力时，细化大纲、树立人设，自然也就会了。

第六章

更高阶的技巧：小说，怎么写才爽

把小说写爽,是我们最简单而质朴的追求。

有人说,爽点有什么难写的?不就是"装腔作势+打脸"吗?但试问自己,每次这样写的时候,真的爽吗?真的成功吗?

在一般认知里,爽就是复仇,是你打我我打回去,是你轻视我最后我却让你高攀不起……

这样装腔作势的爽和"打脸"的爽怎么写才算成功?

第一节 写作"三板斧"

我建议大家牢记写作"三板斧":环境、感官、落差对比。

1. 环境。

环境就是事件发生的地点、背景、场景以及因果逻辑。大部分人不会忘记环境描写,因果逻辑却经常有所缺失。

我最开始写文章的时候,为了硬凸人设,曾把女主的身世安排得特别凄惨,比如,明明为一母所生,但姐姐就特别得宠,我在府中就是没人管的小可怜;不但父亲不亲,兄弟不爱,就连生母对我都厌弃无比……现在想来,这种毫无人性的人设实在过于生硬。"必须制造冲突矛盾"是我们的追求,但我们创作的情节,在被推敲的时候,也得合乎情理。

2. 感官。

感官就是我们写作文时的见、闻、嗅、触以及必要的心理活动。无论是"打脸"还是装腔作势,无论是主角还是要打压的配角,从感官入手都能让读者有身临其境的感觉,特别是主角与配角的心理活动。

一个是:"我就要打你脸了。"

一个是:"你绝对不会打我脸。"

在这种双重心理博弈的影响下，会不自觉地令读者心跳加速。

3. 落差对比。

很多新手写爽点，都会下意识忽略这一点。误以为只要主角达到目标，恶毒配角受到惩罚，这个装腔作势或"打脸"过程就是完整的。其实过程只是故事骨架，真正让人感受到爽的，是"装腔作势＋打脸"以后带来的一系列财富、地位、处境的变化。爽是前后对比，爽是处境变化，爽是事情前后众人对于主角的认知改变。

网上很多"装腔作势＋打脸"的小故事，之所以似爽非爽，好像挠了痒痒，却没有挠到真正的痒处，正是因为忽略了这一点。

就拿网上最普遍的"男友变心"举例，主角甩花心男友一巴掌只是最基本的操作，真正令人爽上加爽的是花心男友痛哭流涕承认错误，是主角双倍拿回失去的尊严、财富，是之前贬低过主角的小配角们的懊悔和低头。

所以说，爽点，其实并不是一个点，而是一场精心安排的有节奏的交响乐，从作者按下第一个音符开始，就一路走高，直至最后炸裂。

总结来讲，就是请牢记环境、感官、落差对比这"三板斧"，这是"小说，怎么写才爽"的要点。

第二节 "打脸"要有持续性和升级空间

我在之前的第三章中,就提出过一个观点,那就是:"打脸"要有持续性和升级空间。为什么这么说呢?

随着信息时代的来临,写作门槛的降低,大量书籍随之诞生,市面上充斥着许多不用费脑的小说,几乎供大于求,我们想要让自己的书从一片书海里脱颖而出,就必须有属于自己的竞争力。

特别是随着阅读量的提高,读者的精神阈值也会很快被提高,不再能迅速获得愉悦,甚至开始挑剔行文逻辑中的漏洞与尬爽。所以在这个基础上,写作者也要继续提高自己的情节架构能力,写出层次更丰富的高级爽感来,才能让自己更有竞争力。

在教大家写高级爽感之前,我先回答之前提出的问题。

1. 哪种"打脸"不单纯。

从第三章开始,我就不断强调小说的"故事性",如果单纯只构建一个"打脸"的情节,来让读者感受主角达到目标,这只是没有太多目的性的低级爽感。想要让爽感持续下去,爽点必须与情节紧密相连,搞清楚主次,不是为了安排一个爽点,所以去写这个情节,而是情节正在进行,正好这里可以制造一个爽点。

这样的先后次序有什么不同?第一种是情节为爽点服务,一旦爽点结束,整个情节就立即跌入谷底,很难保持高人气并延续到下一个爽点开始。而第二种是爽点为情节服务,爽点的存在,从始至终为情节的不断走高而服务,在这个爽点里,不但写出了"打脸"的爽,同时也延伸出其他支线去暗示新的线索出现,解决之前遗留的疑问,抛出新的能让读者兴奋的要素,这样与情节的相互交织,才叫真正的设计,才是更高级的写法。

比如,主角去古玩市场鉴宝,无情地揭露了一个无良商贩的谎言,他手中的宝物其实一文不值。此处已经完成了一次爽点,但情节可以继续延伸,被揭穿之后,无良商贩恼羞成怒,气愤地丢下赝品绝尘而去,而此刻主角却发现摔破的"赝品"露出不一样的光泽,他拾起赝品仔细查看,发现泥坯之下竟是传说中丢失已久的宝物。这就完成了两次爽点,若继续深究,这意外发现的宝物还可以与文章之前的某些疑点挂钩则更好,比如牵扯出某个工匠有心藏宝的秘密,继而挖出新的秘密;又比如宝物能开启某个谜团的线索……这样层层爽点铺垫,整个文章的结构就会特别紧密且牵动人心。

2. 一次单纯的"打脸"不爽,那两次、三次、十次,会不会给读者带来爽感?

这个问题的答案是:是的。

反复打脸,是单爽的进阶版本,而且这种手法像是导弹对目标进行多个不同角度轮番轰炸一样，用得好了效果极佳。

还是用刚才那个主角去古玩市场鉴宝来举例子。主角可以衣着朴素，因为一些摩擦令不良商贩轻视其资本，后由主角自证资本雄厚来实现第一个爽点。而后故事的聚焦点放在鉴定宝物真假方面，主角又用雄厚的知识验证不良商贩手中"宝物"为假，实现第二个爽点。继续，不良商贩骗钱不成反被人戳破谎言，软的不行来硬的，想直接对主角动手，却突然被第三方证明，主角背景极大，街头商贩根本招惹不起，从而完成第三个爽点。简单的故事，密集的爽点，从世俗金钱、学识、势力背景三个方面完成爽点的密集"三杀"。

看得出来，重复"打脸"给人的爽感是难以抗拒的，特别是男女主轮番上阵打，爽感出人意料的密集，但值得注意的是，一定要从不同的角度进行打击，如果一直重复相同的"梗"或打击点，就失去了高级感。

以上，我们一直在探讨的，都是爽感如何实现，算是"小说，怎么写才爽"的要点之一。

但其实文章爽感的概念，远没有如此狭隘。

下节我为大家总结出七条跳出一般套路的其他爽感。

第三节　跳出一般套路的其他爽感

1. 成功（包括主角个人和主角团队的成功）：让主角获得无人可以超越的成就。

这一点最简单，也很好理解，需要让主角获得现实中很难得到的人生成就，数不清的钱财、美人、忠贞不渝的爱、名利，或是玄幻世界里的功法秘籍、战兵、战兽、大战的胜利、实力的升级……都是"成功"二字带来的爽感。

这些爽点，符合读者对现实的追求和心理需要。有些事情虽然在现实中无法实现，但代入小说后，却可以得到精神上的满足。

2. 压抑之后情绪的宣泄。

这是一种简单的拉踩，先抑后扬，主角本身失去了什么，双倍或者多倍地进行弥补。主角之前的心情是抑郁的，经过转折，变得兴奋欢乐……将自己代入故事中的读者，心情也会随着主角的抑扬而产生爽感。

比如，主角人物设定的悲惨境遇，赢得了读者的共鸣；又比如，主角正在经受的某种打压，正是普通的、大众读者在自己人生中亲身经历过的。青春期的胆怯、孤独、爱恋时话到嘴边又无从出口的苦涩，多子女家庭中被忽视的无奈，职场上最努力却不被老板重视的委屈……有过类似经历，读者会加倍渴望这种种不公、孤独在主角身上得到纠正和改写，作者救赎了主角，主角救赎了读者。

但运用"拉踩"的禁忌也不要忘记，就是切勿为虐而虐，生硬地创造矛盾，以免产生过多的逻辑诟病。

毕竟强行赋予主角一些不合三观、伦理、常识的悲惨，又不加以解读因果，这样的割裂会让读者出戏，与作者希望读者沉浸于剧情的初衷背道而驰。

记住，你是在讲述故事。

3. 满足读者的三观。

20世纪80年代，武侠小说掀起了热潮，无数热血男儿心中都深藏了一个江湖梦，除暴安良、惩奸除恶……直到现在还是小说的主旋律，即使武侠小说没落，玄幻、仙侠、现代、废土、诡秘等小说崛起，行侠仗义依旧令人心潮澎湃。

除了正义，还有许多三观满足大众的心理，比如为了大义的牺牲、对待有恩者的忠勇、兄弟之情、患难之情、面对困境的坚韧、面对诱惑的不动摇、对家国的守护、对弱者的同情、对人性的思考……将这些情节和情感有条理地写好，本身就是能引起精神共鸣的爽点。

4. 解决超越读者经验的麻烦。

阅读小说的时候，读者都会习惯性地代入自己，同时习惯性地在情节中代入自己的思考与选择，越是写实的小说，身临其境感就会越强，一旦情节走入读者常识与认知的盲区，大家就会陷入巨大的好奇和激动之中,希望通过作者的奇思妙想,带领自己解决问题、突破瓶颈。当问题被合理解决的时候,巨大的爽感就会扑面而来:一为作者的构想;二为自己的成长。

比如,我们设定一个短篇的小都市文,主角一直依赖读心术,在商业谈判中稳稳立于不败之地。但在某一场最重要的商业论坛中,主角的读心术突然失灵了,为了加强紧迫感,这个时候,主角最大的死对头也带着一份完美的企划案出现在谈判桌上……

之前的"金手指"失效,故事的发展迅速脱离读者预期与想象空间,这个时候,读者就会对后续发展产生强烈的期待与好奇,而一旦作者成功解决这个麻烦,爽感出现的同时,也加强了读者与作者之间的精神纽带。

那就有人会问了:"小旋呀,你说得好听,可实际操作起来好难啊!"脑洞虽然难寻,但我会在后面的"大高潮与小高潮的写法与运用"一章中,详细地教大家如何搭建情节,令故事变得耐读。

5. 熟练运用信息差。

什么叫"信息差",信息差就是我知道,而你不知道。

这个爽点之所以爽,就是因为可以无限制造起伏的情绪。

一般小说以上帝视角进行描述,读者因为知道故事人物所不知道的信息,就可以跟着剧情的起伏期待—失望—期待—失望,最后期待得到满足,收获惊喜,紧张情绪得到释放,获得爽感。

举个例子:主角被强大的对手追杀,藏匿在几大捆木柴之后，刚完成这一举动，追杀者就紧跟而来，主角和读者透过木柴的缝隙看到穷凶极恶的反派们掀翻灶台、推倒木柜，靠近柴堆又离开，听到他们近在咫尺的呼吸与唾骂，突然一刀插入柴堆里，但恰好没有刺在主角的身上……紧张感瞬间被制造出来，最后反派被门外野猫的声音引走，在主角大口喘气的同时，读者也会不由自主地长舒一口气。

又比如，在商战中，主角率先获悉了重要信息，知道配角手里有块不起眼的土地蕴藏丰富的矿产资源，得到后会获得极大的财富增长，而在没有收到信息的配角眼中，这块土地没有任何商业价值，可以低价出手，于是在商业博弈中，主角占尽好处。读者因为提前知道这些重要信息，所以跟读到最终结果时，情绪就会产生满足感。

6. 恶读者之厌恶。

市侩的小人，以弱小姿态博取他人同情的骗子，为了自己的利益不惜损害一城人生命的自私者、伪善者、守财奴……这些人设光听名字就令人难以遏制地心生厌恶。

还有在现实世界里，我们经常遇到的那些烦心事：开车被他人加塞、阿谀奉承之人上位、因为老实木讷而被人挤掉奖学金、因为家境不良而遭人嘲笑、校园暴力……每个人一生之中，肯定或多或少遇见过不平事。在现实世界里，或因为胆怯，或因为个人修养，我们不曾出手扭转这些不平，但那些厌恶与愤慨，却一直扎根在心里，从未彻底消失。

当作者再一次将这些不平挖出，我们渴望恶人遭到惩戒，希望绝对的公平出现，希望善有善报、恶有恶报……当实现这一切的时候，爽点也就自然达成。

7. 来自强者的凝视，构建一个打破读者三观，又高于现实和道德的新体系。

这一点是本章最难阐述清楚的一个观点，我只能尽自己的能力去举例，希望大家能从中获得一些启发。

如果大家看过《三体》，就知道它绝对不是寻常意义上的一本爽文，但不可否认的是，看完它，就会觉得好爽。这是为什么呢？

因为它打破了一些我们固有的认知。在三体人的压力下，一部分飞向太空的人类，被种下"忠诚钢印"，结果却成了反噬之因；主角成为持剑者之后，三体人一直不敢直接降临地球，而更换持剑人之后，三体飞船迅速迫近；最终的武器，是降维打击，一种前所未闻的武器，让整个宇宙重新坍缩为奇点，地球？三体人？都不复存在。

每一个情节递进，都打破了我们想象的壁垒、认知的极限，并在新的社会体系之上，创造了新的世界观与道德观……这个时候，读者爽不爽？只能说爽爆了，而且是被来自强者的神之手狠狠碾压在地，发自内心地臣服。

我发现，近年来的中国科幻小说，都尝试着讨论极限条件下，人类新的社会秩序和道德体系，这是一种前沿的幻想，并没有什么条件与契机去实践，但大量关于新世界的描述，即作者模拟出来的社会全新结构，却让他们最终的幻想变得似乎有理有据。在小说的世界里，作者就是创世者，而进入这样的世界中，每一个读者在沉迷情节之后，只能成为忠实的拥护者，作者所模拟的一切超越现实的剧情，对我们来说都是一场跳出现实的奇幻之旅，那种爽感来自打开新世界的神奇，来自突破种族界限的新颖。

其实总的来讲，写作到后期，就是考验作者对人的理解，这些爽点的表达，就是对人的欲望的一种解剖。

当我们落笔想要写爽文，却不知该如何下笔时，就可以闭目回想。

我们为什么而震撼？为什么而头皮发麻？为什么忍不住感叹？！又为什么会喊一句"好爽啊"！

在生活中我们无法抒发的压抑情绪，又可以通过什么途径发泄出来？或是那些存在于幻想中的愿景，那些现实中的求而不得。

然后就可以以此为点，构思出一篇完整的小说框架。

这也是"小说，怎么写才爽"这章的重点。

第七章

人设:怎样才能让读者爱上你笔下的人物

很多人说，写小说就是写人物。

这句话并不完全正确，因为小说还有情节、立意与氛围感等很多要素，但从"写小说就是写人物"这句话可以看出，写好人物对于写好一篇小说有多重要。

本章我们就来讲一讲如何立人设，如何让读者快速地记忆角色，理解人物关系。

这里我们必须首先理解一点，那就是"立人设"，并不单纯是设定主角人设，还有与之相关的所有配角，也需要形象鲜活。

第一节　人物形象分为两大类

人物形象，一般可以分为两大类：一类是"外"（外貌）；另一类是"内"（性格，精神）。

许多新手最先学会的，就是描写人物的外貌。上网搜索，形容男男女女容貌的词一大把，闭月羞花、国色天香、倾国倾城、温文尔雅、玉树临风、气宇不凡……或者再加上对服装的描写。比如："她梳着反绾髻，头顶斜插着一支披霞莲蓬簪。手拿一柄半透明刺木香菊轻罗菱扇，身着一袭鹅蛋的翠纹织锦羽缎斗篷，脚上穿一双乳烟缎攒珠绣鞋。"

如果只讨论"细腻华丽"四个字，那我这段十分拗口的句子一定赢了，但我们要去深入理解"为什么而立人设"这件事，是让人物看上去好看吗？是比较谁写的人物更漂亮吗？不是的，我们描写人物的初步目标，是要进行"区分"，并让"读者形成记忆"，而终极目标，则是借由人物命运，来演化整个故事脉络。

这也是我在第一章开篇语里提到的"写作灵感到来时，我们该如何下笔"这个问题时总结出的第六个要点：人物要鲜明。

在这里，我先介绍几种立人设的常见手法，力求达到帮助新手进行角色区分，并让读者形成记忆的目的，再浅谈几个运用盲点，开拓大家的视野，发散大家的思维。

第二节　如何区分角色

1. 角色属性（包括年龄、姓名、性别、家庭背景、社会背景等）。

像玩角色扮演游戏一样，在思考人物的时候，作者一定要把人物的基础属性带上。不要小看属性设定，如果是霸总文，男主角一定不能叫"李二狗"，但这个名字安在乡村题材上就很合适。

所以人设不能脱离文章题材与情节走向，先判断自己文章的类型，再逐步设定角色人物。

在很多情况下，人物的名字已经在暗示人物命运。金庸先生就是起名的高手。比如，《笑傲江湖》里的令狐冲与任盈盈。"冲""盈"二字取自"大盈若冲"一词，意思是最充盈的东西，好似是空虚一样，但是它的作用是不会穷尽的。令狐冲的"冲"代表"缺月"，他一生潇洒不羁，不做侠却是最侠义的武林人；任盈盈的"盈"代表"满月"，是一切空虚的尽头，也是唯一能包容令狐冲，并化解其孤寂的归宿。这样以典故或名句起名并暗示人物宿命的例子，在金庸先生的作品里不胜枚举。

除姓名之外，其他基础属性也有很多，比如年龄、性别、家庭背景、社会背景等。8岁的孩子，不会说出80岁老人的话；同样，一个混迹于社会最底层的人，也不会活得太斯文。成长条件，决定了每一个人物的特点与局限性。

将人物写得千人一面，就是没有区别角色属性，将正常故事写得无脑，大多也是因为忽视了人物本应具有的特征。

2. 想让读者一眼记住，可以在人物出场时使用矛盾与反差进行描写。

你要写一个女侠，她若是衣袂飘飘、腰配细剑，这就是一个最普通、大众最能想象的画面。但你要是写一个只有一米高的萝莉，身后配着一米五的大刀，那无论谁看，都会立即留下深刻印象。再进一步，若是这大刀萝莉，还坐在一个五米巨人的肩膀上，小手抓着条细细银链系着巨人的鼻环，那种视觉冲击力会变得更强。再进一步，如果这五米巨人在之前的情节中还曾以主角需要仰视的强者形象出现过，大刀萝莉是不是立即变得更加引人瞩目了呢？

同样的写法还有很多种，比如《疯狂动物城》里地下老大是一只小老鼠；《流浪地球Ⅱ》里的笨笨是一只怕死的军犬……所有情理之外的安排，都会让人有眼前一亮的感觉，但在这里我又不禁想要提醒所有写作新手们，不能因为想要反差就生硬地制造矛盾。一切创造，都不能凌驾于逻辑之上。

3. 人物标签化。

人物特点不要往大写，而要从小处着眼。最开始可以从脸上的一颗痣、一道疤……开始区分群像，而后可以以一个眼神、一个喜好以及不常替换的配饰作为出场角色的标志。甚至，我们可以从"外"写到"内"，赋予角色某一口头禅或者某一种日常动作。

4. 内在精神。

很多新手在理解"人设"二字的时候，都会下意识地把描写偏向外部，而遗漏最应值得深挖的人物的内在品质。若能将描写与人物性格自然连接起来，就更好了。

比如，"他一如既往，将珍珠纽扣扣到了下巴之下，不露出半点皮肤，像他矜持精贵又保守的性情"。先是描述所见，再是点缀心里所想，一股禁欲的气息就迎面扑来了。

又比如，"沉砚抽烟的模样最迷人，烟圈在空气里氤氲变淡，而他游离的目光比烟色更淡，飘忽着不知道聚焦在何方，仿佛站在他面前的，都是不值得凝眸的"。一股疏离的气氛就被写出来了。

这种"所见＋所想"的描写方式，算是外貌描写的一种进阶形式，不但读起来更自然亲切，对于读者理解文章内容也好处多多，新手在熟练掌握之后，就可以进一步追求更高层次的描写，那就是以故事见人。

怎么"以故事见人"，要说明白这一点需要多花费一些时间。

以《哈利·波特》为例，文中的配角同样塑造得极为出彩。纳威出场的时候，是一个唯唯诺诺、做什么事情都做不好的健忘小孩形象。第一部魔法石故事中，还有纳威遗忘自己的魔法宠物小蟾蜍和飞行课上一头撞晕的情节……从前期铺垫来看，纳威纯粹是一个炮灰式的人物，以诙谐的形象来衬托主角团的优秀，可是在魔法石故事即将结束之际，这个胆小又怯懦的男孩却是唯一一个敢于叫板主角团、试图阻止他们继续破坏校规的人。从纳威抱着自己的小蟾蜍站出来的那一刻，这个人物才生动而立体地矗立在读者面前。他比我们大多数人都更平凡，但他又有着我们大多数人都向往和追求的勇气与正义。与天才相比，我们也许难以共鸣，但看着纳威的成长，反而更加喜爱。这份小人物的勇气，也为哈利·波特系列最终章中，纳威从分院帽里抽出格兰芬多之剑这燃情一刻打下了坚实的基础。

最高明的人设，立在故事情节里。情节推动故事发展，同样，这情节，是由人物的角色属性所带来的。

5. 缺陷描写。

把主角和主要配角描写得太过完美，也是一种败笔。

要适度地保留人物的缺陷，不要呆板地局限在冷酷、木讷、懒惰、贪财、路痴等一系列大家耳熟能详的显著特质上，还有"明明性格很好，看到穿红裙子的女孩就发疯""不好好说话，别人正常对话时他就吟诗"等很多缺陷性的特点可以抓。

还可以结合缺陷和优点，组合碰撞出故事的更多可能性。

比如，春秋时代的卫懿公喜欢养仙鹤，甚至给仙鹤上朝封官。后来卫国被敌国入侵，卫懿公命令自己的军队出击，将领们边笑着让卫懿公的"鹤将军们"保卫国家，边收拾家当逃离卫国，一直爱好玩乐的卫懿公面临这样的灭国之危居然没有选择逃避，而是带领着为数不多的忠心者，战死在了杀场上。他生来不像一个君王，死亡时却无愧君王之名。

好人做好事，英雄守家国，都是情理之中的事情，难就难在小人物的觉醒、反差……

而且缺点比优点更容易被人记忆，更容易深挖故事背景。比如一个控制不了自己食欲的女主，一开始可能是吃货的设定，到了中期，爆出她小时候吃不饱、穿不暖的童年阴影，这才导致她一看到食物就失去控制，是不是又立体了一点？能写的故事又多了一点？

以上几点，都是立人设的一些基本技巧，下节会继续深入讲解。

第三节　人设技巧在实际运用中的盲区和难点

1. 纵观全文，每个重要角色一定要进行特点区分。

这句话怎么理解？

那就是如果你学会了以上套路，开始在故事里描述群像，就一定要对群体中的个体进行主次分类及个体差异处理。

回到我们本章最开始的例子。

若我们的主角出场是："她梳着反绾髻，头顶斜插着一支披霞莲蓬簪。手拿一柄半透明刺木香菊轻罗菱扇，身着一袭鹅蛋的翠纹织锦羽缎斗篷，脚上穿一双乳烟缎攒珠绣鞋。"

而配角出场是："她梳着涵烟芙蓉髻，头顶斜插着一支金镶珠宝半翅蝶簪。手拿一柄牡丹薄纱菱扇，身着一袭象牙白的窄衣领花绵长袍，脚上穿一双软底睡鞋。"

就算其描述用词都不错，但像公式一般从头数到脚地描写，不但没有区分角色，还让人视觉疲劳。如果二人出场间隔时间不长，更是让人分辨不出主次。

群像的描写，请谨记这一要点的核心词汇：区分！

主角要有主角的特点，配角要有配角的特点，尽你最大的可能去区分彼此。

比如，"在这个送葬的白衣队伍里，只有为首一人，穿着大逆不道的红。"简单一句话，像一幅泼墨的画般，几个字就将读者的目光抓到那抹抹不掉的红上。

所以请记住，描述人物时，不要一味地描写大家都有的事物，而是要在每个人身上，寻找与其他人不同的东西。这一点，无论是主角还是配角都适用。不然，整篇文章都是大刀萝莉，都是突发善心的星盗老头，也就没有了任何起伏和可看性。

2. 在同一人物身上，特点尽可能重复描写。

写个体的时候，抓的要素不要过多，尽力把焦点集中。

如果你要写一个美人，第一次出场就描写她"色如春晓之花"，那第二次就继续写她面色之美好，连一旁的芙蓉花看到，都羞愧地闭上了花瓣。这样一次次，就会强化个体的特点，最后读者就算不记得此人的名字，还是会想起，哦！就是那个面比花娇的美人儿！

反之，如果第一次你赞美她的面容，第二次又说她风姿如柳，第三次再换别的切入点……各种要素堆积起来，随着文章内容的增加，她就会被铸造成一个四不像。更有甚者，如果这个角色不太重要，或者重要但每次出现的时间跨度太长，就会令读者在阅读的时候，将她一人当成两三个不同人物去理解。

当然，文章写得越长，小说的故事性就越曲折，每一个人物身上具有的特质也就越多，也有发生转变的可能。我们现在讨论的还是比较入门的写法，当你们学会熟练地将特点聚焦之后，可以尝试更高阶的写法。

3. 人物的行为和设定，符合逻辑（合理可信）。

福楼拜在写《包法利夫人》的结局的时候，一度哭到不能自已，他的朋友问他为什么如此悲伤，他说："包法利夫人就要死了。"他的朋友大为不解："包法利夫人是您笔下的人物，如果你不想让她去死，那把她写活不就好了？"对于这个疑问，福楼拜痛哭着解释："不，当我赋予笔下人物以灵魂，故事情节就会顺着她的性格和时代的背景所发展，就连我自己都不能左右她的结局。她得死！她也必须死！"

这个例子告诉我们，故事中所有的事件都是主人公为了完成目标所产生的自然结果，是人物主观意志和主动选择的结果。

换句话说，不是故事决定人物的命运，而是人物的内在冲突推动了整个故事的进程。有一句话叫"性格决定命运"，放到这里，也可以说情节要符合人物可能的反应，情节要根据人物的性格弱点去写，根据人物的逻辑去写。

把这话再说得浅显一些，那就是立好人设之后，整个故事的大势走向便已确定下来，作为作者，只需要轻轻一推，将人物送到他既定的那个结局。作者不做违背人物个性的选择，不强行扭曲人物的意愿，就是水到渠成的好文章。

但这个境界需要去揣摩，不断领悟。

第八章

主角的"金手指"应该怎么设置

第一节 "金手指"是什么

"金手指"是故事中的"作弊器",是跳出规则和常理,给主角带来优势,令他变得突出的东西。

一般来说,网络小说里的"金手指"比较明显,但在有些小说中,主角也自带"金手指",只是隐晦一些。现在我们就来总结一下文章中"金手指"的类别。

第二节 "金手指"的类别

1. "金手指"可以是某个人物（高手、强者、神）。

在以前的玄幻小说里，最常见的就是主角遇上了白胡子老爷爷，然后在他的指点下一飞冲天。

传统小说中也有这样的概念，比如唐僧一被妖怪抓住，猪八戒就扯着嗓子喊："大师兄！"而大师兄打不过的时候，又会熟门熟路地寻求观音的帮助。这里孙悟空是猪八戒的"金手指"，而天上的神仙，又是孙悟空的"金手指"。

在这些基础"金手指"的概念之上，近年来也衍生出主角的"金手指"直接是某神的设定，这种设定比单纯拥有强者庇护更强大也更新颖一些。

万变不离其本源，总结这些套路我们就能知道：在主角之上，设定友善的强者对主角进行帮助，有助于推动故事情节发展，降低通关难度。

不过在这里大家要注意一点，那就是这样的"金手指"必须有能力限制或因果叙述，小说世界弱肉强食，强者不会没有理由向弱者不计成本地施以援手，除非二者之间有血缘羁绊，或者强者处于虚弱期，帮助主角是想从他身上换得别的好处……不管主角与"金手指"之间有何种渊源，把渊源写清楚或者作为一个"梗"来细致处理，有助于加强情节的合理性。

同时，让"金手指"有能力限制，也能让情节有更多的起伏，也更有可看性，毕竟打败具有挑战性的反派，才能让读者血脉偾张。

主角一上来就拥有毁天灭地的"金手指"，那遇到危险时，就很难写出让读者感觉紧张害怕的情节，没有抑，又哪来的扬。

2. "金手指"可以是随身物品。

你有没有读到过这样的故事，弱小的主角一直被人欺负，直到有一天，他的血液流淌到某件看上去不起眼的古物上，古物绽放金光，而后主角走上了不可一世的道路。

《诛仙》中张小凡的烧火棍子、金庸世界里丐帮帮主代代相传的打狗棒……

兵器、随身携带的玉佩、戒指等能为主角提供帮助的物品，甚至是陪伴主角的草药、宠物，都可以是主角的"金手指"。

值得注意的是，这种单纯写物的"金手指"，如果新意不多，就会迅速失去读者缘。我在总结完"金手指"的类别之后，会重点再讲一讲架设"金手指"的几个原则，按照这些原则进行创作可以避免一些弯路。

3. "金手指"可以是系统。

近年来系统文层出不穷，这让我想起十年前的爆火文《小兵传奇》，那恐怕才是系统文的鼻祖。系统一开始类似人工智能，只给主角发布任务，但经过无数作者的演绎，现在系统文种类已经层出不穷。系统除了发布任务之外，还可以向主角提供好处，从肉体到精神上帮助主角升级。而升级系统的方式，也从最原始的"完成任务"，进化得五花八门，有的可以通过获取他人的负面情绪转化为货币，增强自己，有的可以通过给人们带来欢乐，进化系统。

女频小说中还出现过各种反套路文学，比如恶毒女配能"听"到系统对女主下达的各种任务，提前拦截，截取女主的气运，最后扭转剧情，使自己成为主角。

系统文学这些年迭代的速度非常快，一是说明了读者群体对系统文的喜爱程度；二也说明了变化与革新的重要性。也许一种"金手指"今天还很火热，第二天就会被它的"升级版"打败。身为一个作者，一定要拥有广泛的阅读量和丰富的脑洞，才能在这个日新月异的行业站稳脚跟。

4. "金手指"可以是血脉、天赋、身份、能力、宿命。

有些人喜欢看小角色的磨砺和崛起，也有一些主角天生强大，他们拥有世人无法企及的血脉与天赋，虽然在第一次登场的时候，这些光环还并不明显，但在作者的暗示之下，读者或多或少会发现他们要走的道路注定与平凡人不同。

《九州·缥缈录》中的阿苏勒，天生孱弱，却使先祖的青铜魂觉醒。在瘦小的身体爆发狂血的那一刻，读者觉得不可思议，又觉得热血沸腾，因为中国人骨子里就镌刻着两个字——"传承"。我们无比自豪，自己能承接先祖的光辉，并将它们发扬光大。读者也期待小说中的主角，从弱小走向强大，高高挥起荒古战场中的战旗。

5."金手指"可以是无脑热血、主角光环（特别幸运）。

有一类文，主角没有特别具体的"金手指"，但他就是光芒万丈，比如动画片《圣斗士星矢》，其中有一句话是这么说的："只要主角快被打死了，他就一定能赢。"主角先被反派狠狠地打压，然后在濒临死亡的时候想起自己的责任，想起自己守护的人们，立马爆发小宇宙，三下五除二将对手按在地上狠狠摩擦……但随着时代的发展、读者阅读阈值的提高，单纯无脑热血，已经不再那么吃香了，就像现在的《海贼王》，虽然还是打着热血的旗号，但在逆风翻盘过程中还是多了许多技巧性的描写，比如力量的升级变化、友情的加持，等等。

身为创作者一定要好好把握主角光环的度，读者一方面希望主角无人匹敌，另一方面又不喜欢无脑降智，要在合理的逻辑架构上，进行适度夸张。

6."金手指"可以是知识、信息差（例如，重生）。

重生文一度也是人气最高的小说品类之一，重生的本质，就是"信息差"，主角提前知晓了一定时间线上所有事件的突发时间和原因，作者试图让主角控制这个时空所有的配角以及情节走向。

如若不写"重生"，写"预知""梦术""言出法随"之类，也能达到同样的效果，让主角提前得到"剧本"，就是一个巨大的"金手指"。

7."金手指"可以是坚持不懈的精神。

这个"金手指"其实在每部小说中都能看到踪影，不要只写其形，忘记其神，天赋、血脉是其次，真正吸引读者的，是主角人格上的魅力，这才是真正令"主角"区别于其他配角的"金手指"。

以上总结了七点小说中常见的"金手指"，相信不用我说，大家都知道"金手指"的好处：一来它满足了读者的欲望，让读者在代入的时候获得快感；二来它推动了情节的发展，有些难关可能以常理判断，需要很多时间精力去攻克，但"金手指"能加快这个进程；三来它也能极大地提升读者的阅读期待感，因为"金手指"的存在，能让读者更热切地期盼反转的到来。

第三节 "金手指"的本质

1. 主角的唯一性。

小说中的"金手指",势必只有主角一人拥有,尽管配角们在设定时,也可以被作者赋予各种各样的能力、天赋、血脉等,但主角的设定,一定要与众不同,不可复制。

以读者角度来看,主角必须是超凡于芸芸众生的存在,《西游记》里六耳猕猴为什么要被打死?那就是因为会七十二变又能使用金箍棒的猴子只能有一只。

2. 升级空间。

对于长篇小说,"金手指"一定要有可升级空间,不然一个套路用到底,势必会在某个时间节点,令人产生无趣又冗长的厌恶感,继而弃文。"金手指"不是单纯的一个人、一件物、一场传承赋予的好处,而应该是能持续发展,拥有自己的成长体系,不断在设定上带来新鲜感的东西。

就比如"系统金手指"。

不能一开始就设置成完整的"作弊器",要像玩游戏一样,通过不断地完成任务,点亮技能树。比如一开始,只给主角加强肉体强度的好处,过一段时间,对于肉体的滋养上升为蕴养精神，再后来，系统让主角具备听到人心的能力，等等。

这样做的好处就是每过一段时间，就能为情节注入新鲜的血液和全新的探索方向。

3. 有限制。

这是一个重点，但很少有人能适度地把握它。记住我说的一句话："主角不是天下无敌，只是在一定范围内较强而已。"

比如，一个现实世界战力为0的幼儿园小朋友，赤手空拳打败全国武术冠军，强不强？爽不爽？说实话，这种架设在我这里是不爽的，只能用离奇和可笑来形容。

一个现实世界战力为0的幼儿园小朋友，通过努力，打败了两三个同班小"恶霸"，才是理性范围中的"爽"。

同样，小说主角所拥有的"金手指"，也不能一开始就具备"灭神"级别的能力，不然只要主角背负着这个能力，那么在接下来的情节中，只要他的对手不是"神级"以上的选手，战斗情节都不具备期待性……毕竟你都天下无敌了，还有什么样的对手值得挑战？什么难关值得驻足？

太强大的"金手指"，只会让情节崩盘，碎得一地稀烂。

4. 隐秘性。

主角的"金手指"，最好只有主角、读者知道，书中的其他配角对此一无所知，这样主角破局惊艳世人的时候，才能给读者带来爽感。

5. 易懂。

这个点很好理解，我在之前的几章里也强调过同样的事情，那就是不要把设定写得过于繁杂。就算繁杂，也要分几步来递进描述。现在大家看书的时间不太多，随着阅读速度的提高，作者更应该给读者提供能一目了然的东西。

6. 不要太多。

主角身上的"金手指"，在很多情况下不止一个，他可以拥有世人不知的惊人身世，拥有特殊法宝，契约强大战兽……但这些设定，一定都要有目的性，最好结合大纲，在后续情节中都可使用出来，不能为了铸造一个强人，就把自己所想象的所有好东西胡乱堆砌于一处。这样做不仅分散了读者的注意力，而且模糊了主角特质，很容易崩文。

7. 不能完全依赖"金手指"。

有人一定会问："你刚才还说'金手指'好用，现在怎么又说不能完全依赖'金手指'了呢？"

亲爱的读者们，一定要谨记一点，我们写小说的本质是讲好一个故事，表达一种信仰和精神。"金手指"只是剧情的调料，并不是主体。主体是人，人身上的精神和品质，才是我们最想传达的东西。

这些年来，女频小说最被诟病的，便是女主一遇到困难，各路男主、男配就从天而降大杀四方，帮助女主解决困难的桥段。无论男女，自强不息，坚韧不拔，在困境中坚守自己，才是主旋律。

以上是我对"金手指"特质的七点分析，大家可以参考着来构建独属于自己的"金手指"。

此外，我想强调一句：

"金手指"的设定在一定程度上决定了文章的走向。

这并不是夸大其词，而是每一个作者在写作前都需要好好思考的结构和逻辑问题。

比如主角生活在一个贫富差距非常明显的世界，并拥有了时空穿梭的能力，可以回到过去的某一个节点，并在 50 天后自动返回现实世界。

为了改变这个糟糕的世界，主角熟读史书，企图拯救历史上因遭遇变革而失败的英雄，杀死专权的坏蛋。

但这类"金手指"一旦设定，就必然导致一系列连锁反应。

一是主角每次穿越，都回到未来的同一节点，一次还好，三次也罢，来回二十次，新鲜感就迅速降低了。

二是时间线来回横跳带来的信息混乱。写这种时间文最大的问题，就是信息量太过庞大。每次主角回归，都找到了新线索拯救人类，于是在现实的时间线里，做出不同的选择。每次不同选择，又会引发一系列繁杂的情节变化。这些变化会导致在某些相同场景下，人物的对话、事情的发展都有所不同。到了写作中期，作者本人很有可能就会陷入马上会写出漏洞的巨大压力中。

这种"金手指"，就属于超高难度挑战，一旦选择，就注定要面对巨大难关，若是作者体力、精力跟不上，就不要轻易进行尝试。

第九章

代入感：如何让读者"身临其境"

第一节　让文章更有代入感的五个方法

代入感是什么？

是让人沉浸在某一情节里。

1. 六觉法。

六觉，就是我们的视、听、嗅、味、触、知。

莫言老师在某次采访里说过："一个作家写作的时候，必须调动自己全部的感官，这样才能塑造出立体化的生活画面，以及立体化的、有血有肉的、有温度的、有气息的人物形象来。"

所以让读者代入之前，首先作者要被代入到情景里去。

假设，主角在被人追杀。

那你将自己代入主角的视角里，被追杀。

【听】你听到了什么？你听到了呼呼的风声和咚咚的心跳声；【嗅】你嗅到了什么？你嗅到了浓浓的血腥味，那是你身上的伤；【触】你触到了什么？你触碰到了脚下的石头，尖锐无比，鲜红的血染红了道路。哦，你为了逃跑，连鞋都丢了；【视】你看到了什么？你穿过丛林，见到了天光；【知】你以为能逃出生天，却见到了悬崖，那悬崖深不见底，被迫停了下来;【味】一股铁锈味在舌尖打转,你怎么也控制不住,鲜血就要从喉咙涌出,你快支撑不住了;【听】细密的脚步声靠近;【视】你往后望,见到了无数人朝你奔来。

英雄末路,你知道自己,再也逃不出了。

耳边听到的风声,并不是风大,而是跑得飞快;嗅到和尝到的血腥味,并不仅仅是说伤势很重,更是表达了你此时无力回天的困境;刺破的脚流出的鲜血染红了道路,并不仅仅代表了伤势,鲜血也暴露了你的位置,你无力躲藏,细密的脚步声,代表了敌方人多势众。

要写看到的、听到的和心理活动,读者才能感觉到窒息。

若是连自己都没有画面,脑袋空空的,又怎么能感染读者呢?

当然,也不是每一个场景,都要写视、听、嗅、味、触、知,可以只有其中几个。

还是以刚刚的故事为例,如果主角并未穷途末路,只是扮猪吃老虎,把敌人引到无人的地方杀了。

那就可以删除【嗅】和【味】代表的伤势,【触】的紧张,改一下【知】的心理描写。

然后就是【听】你听到了呼呼的风声;【视】穿过丛林,见到天光;【知】想,终于到了;然后【听】到了细密的脚步声;【视】你往后望,见到了无数人朝你奔来。

你抽出剑。

曾经的仇怨,就在此刻,了结吧。

很多新手总会提出一些问题。比如,怎么才能写好场景?

怎么才能写好人物神态？怎么才能写好人物对话？

其实这些问题不应该被单独提出来。

它们是一个整体，没有办法烘托气氛的场景、神态、对话，可以删除；能够烘托气氛的场景、神态、对话，便可保留。

且这些描写都包含在六觉里，当你们将自己代入情节，感受脑子里的画面后，就可以用视、听、嗅、味、触、知的方式，把它剖析出来。

脑子里的这个画面，给你带来了什么样的视觉体验，什么样的听觉体验，什么样的嗅觉体验，什么样的味觉体验，什么样的触觉体验，什么样的知觉体验。把它们全部写出来，然后进行删减重组，表达出来。

2. 后果法。

后果法，就是让读者知道这个情节发生后，会产生怎样的"后果"。

我们要知道让读者有代入感，最主要的是让读者产生情绪波动。

而"后果"，是很容易让人产生强烈的情绪波动的。

不知道大家有没有做过被追逐的梦，我小时候就做过很多次被怪物追逐的梦。

梦里的场景很模糊，但那种被怪物追的感觉，还是令人记忆犹新。我是害怕被怪物追吗？不是的，是害怕被抓到的后果。

害怕被怪物抓到后所要面临的未知事件。未知给人带来的恐惧情绪，是非常强烈的。

所以我们在写一个情景的时候，可以让读者知道，主角做这件事情，会产生什么后果？

比如，平民女主打了富豪渣男后，会产生什么样的后果？

可能会被渣男报复【担心】。

后果又应该怎么表达呢？

第一种：写出一，要让读者感受到二和三。

比如，前面的例子，我写出了主角的伤痕累累、无力回天，敌人的强大。

这种写法就是给读者暗示了后果，主角会被敌方杀死，或是折磨，反正都是一种"担心"的情绪，还有被逼到绝路【绝望】，期待后续会有反转【期待】。

第二种：直白表达。

比如，平民女主打富豪渣男，渣男恶狠狠地说道："你知道打我的后果是什么吗？！我可是南宫家的大少爷！你不过是个平民，竟然敢这样对我！"

这里后果带来的情绪是担心。

但通常这样的场景后面，女主要么是有隐藏身份，要么就是有更强大的男主罩着她。

这样表达的后果，就是读者知道渣男迟早要被打脸，于是暗爽。

我们身为作者，要调动读者的情绪，在写的时候，就要思考这些情节发生时，会产生怎样的后果。

当读者感知到这个后果，产生相应的情绪波动后，自然就有代入感了。

3. 聚焦法。

聚焦法指的是：要强调大事件到来，中途不要三心二意。

很多脑洞比较大，思维跳跃的，或是过度追求信息量的新人都会出现一个问题，那就是还未描述完一个事件，就中途穿插另一个毫不相干的事情，或是说有一点关联，但实际上是对此情节根本没有任何推动作用的支线。

这么写，就会让读者被迫进入了一种"走马观花"的状态。看到的都是眼花缭乱的信息，但看完后脑子空空，让人不知所云。

比如，写一个富商女主进宫见皇帝，读者知道那皇帝是女主以前失踪的夫婿，但女主不知道。于是大家都很期待女主见到皇帝时的反应。但写的途中，有的作者为了强加所谓的信息量，就在中途忽然写了另一个人，并与女主发生与此次事件无关的互动。

或者有一些思维活跃、脑洞大的新人为了提高小说所谓的"梗"含量，开始写一些自认为有趣的描述，比如，来引路的宫女头顶大红花，脸颊上有一坨腮红等，所占字数非常多。

说实话，这种描写，只会让读者感到厌烦。

就类似于你们正在解题，想了好几个小时，终于想到了一个解题方法，正要下笔写时，忽然被人叫去吃饭，是一个感觉。

吃饭重要吗？重要，但这时候出现，就是扫兴。

更别说是出现一些不相关的事情了，比如，朋友忽然叫你一声，对你做了一个鬼脸。朋友的初衷虽是为了逗乐你，但你只会感觉厌烦和被打扰。

而你想要重新进入那种豁然开朗的状态或许会逼自己，但读者只会右上角点叉，直接离开，或是直接跳转到有结果的章节，看完就走。

想要让读者有代入感，写作的时候千万不要跳脱，而是应该抓住一条主线，进行深入描写。

4. 重复法。

重复法就是用重复来刻画标记，让读者能够快速代入。

比如，一个配角每次杀人前，都会吃糖，剧情也会变得紧张刺激。

吃糖便可以设定为这个人物的标记，每一次出现，都是对读者的一种暗示，让读者快速联想到接下来的情节：有人会死。

那要死的这个人，如果是主角的好友，读者就会担心，情绪就会起来，于是便进入了这个情节里。

如果再加上一点故事，比如，这个人每次杀人前吃糖，是因为他女儿说，吃糖可以缓解压力，让自己变得开心。

于是，吃糖的动作，就被赋予了另外一层含义。原来他杀人，远没有表现中的那么平静。同时也会在不同的情节里，给读者带来不同的感觉。

比如，给同伴吃糖，暗含了一种信任的态度。

但最后一刻，他只给自己吃了糖，未曾分给同伴，便可暗喻一种决裂的态度。

或是他给要杀的人吃糖，说一句："不用怕，我刀很快的。"好似展现了他的一点点柔情，但又好似不是，情绪便更有层次了。

通过我上面的描述，你们想到谁了？如果看过《狂飙》的朋友，应该会想到老默，想到老默令人唏嘘的结局。

看，我只是描写了杀人前吃糖的场景，没有说任何名字，就能让你们自动联想，并产生情绪。

这便是重复法的妙用。

5. 普众法。

普众法，就是写普通人能共情的事件，不要太另类。

我们基本都生活在同样的文化体系下，大部分人都会有相同的价值观，会为同一件事情悲愤、喜悦、热血。所以就很容易用一句话调动大部分读者的情绪。比如：

他穿着军装走了，与洪水一起。

他逆着人流而上，去那大火燃烧的地方。

或是套路一点。

"我这衣服八百万，你赔得起吗？！"

看，不需要任何铺垫，只需要点在大众普遍存在的某个情绪的爆发点上，便能迅速调动读者情绪，让人快速代入其中。

这也是为什么主角得到忠贞的爱情、虐渣、登上至高位置等情节的小说那么多了，因为它们扣紧了大部分人的心理，也最容易引起共鸣，非常好上手。

而如果想要写一些比较另类的东西，比如，拯救地球，消灭地球上的所有生物，或者是，完美的地球就应该是无生命的状态。这很难引起读者的共鸣，甚至让人觉得莫名其妙。

第二节　代入感的先决条件

代入感的先决条件是：引起读者的兴趣。

比如，下雨天男主救下了一只生病的小猫，从而引发了一场爱恋。喜欢萌物或者养过猫的读者，在看到"猫、雨、恋爱"这些关键词的时候，就会不自觉地对后文产生兴趣。但如果我们把这些关键词换一下，变成"蟑螂、雨、恋爱"，那么有兴趣读下去的读者人数就会锐减，就更别提代入了。

所以，代入感产生的第一步，就是要引起读者的兴趣，戳中读者的软肋。

想要熟练运用这一点，身为一个作者，首先要涉猎广泛，对一般的，普罗大众的爱好、真善美擅于挖掘和描述；其次千万不要为了猎奇，强行驾驭自己不擅长的题材；更不要为了迎合市场，去写自己不感兴趣的内容。

读者能从作者的字里行间感受到情绪，我们发自内心写出来的情节，和我们硬着头皮写出来的内容，那种情绪，都会或多或少地留在字句里，会被读者感受到。

第十章

感情线，原来可以这么写

第一节　感情线是什么

乍听到这个词，大多数人都会联想到"爱情"。但只讲爱情是相对狭义的一种理解，其实感情在文章中的碰撞还可以涵盖友情、亲情，欲望的表达，大义的弘扬以及一些非人类，甚至非生物的心理探索，等等。

笼统地说，"感情线"是文章主、配角内心活动以及由他们的行为、选择所体现出的文章精神世界的大集合。

为什么要把"感情线"单独提炼出来讲呢？

因为在我看来，任何文章都是"感情线"和"剧情线"结合的产物。在之前的章节里，我们谈论人设、罗列"金手指"的种类等，都是在辅助剧情线的完善。这一章我们来好好讲一讲感情线，希望从另一个角度，给大家带来启发。

第二节　感情线的类别

1. 爱情、亲情、友情。

这三类无须过多词语阐述，我们的书库里有无数的经典名著在反复讲述这三类主题。

本节我想着重讲讲其他两类不明显或不常被人看到的"感情线"，帮助大家开拓视野。

2. 欲望、大义。

《飘》是一部经典的世界名著，只听其名或者浅读过的朋友们，会单纯地将它当成一部爱情悲剧来看。几个主角在你爱我时我不爱你，我爱你时你已离去中反复挣扎，浪漫又虐心的感情戏一直被人津津乐道。

但深入阅读这部名著，不难发现，隐藏于波折剧情之下的另一条感情线，相比于女主角对爱情的迷茫和彷徨，这条感情线则要厚重、坚定得多，那就是女主角对于家园，对于红土地深深的热爱。

这条感情线，贯穿女主角从青涩走向成熟的每一天，自小在塔拉庄园长大，在战争年代女主角为了保护庄园，重新装扮自己，去讨好自己一直讨厌的男主角，在被男主角拒绝之后，走投无路的她,甚至以婚姻为筹码,嫁给了并不喜欢的人以获取金钱买回庄园。

这部名著最为人称道的两幕:一幕是男主在战乱前夕将女主角送回庄园,临别时与女主角的一吻;另一幕是当女主角终于正视自己的心意,想对男主角表达爱意,男主角却心灰离开,被爱人抛弃的斯嘉丽说出那句经典名言:"明天又是新的一天!"

两幕看上去都是爱情的起落,但每一个字描绘的都是对故土深沉的爱。男主角白瑞德明明是个投机分子,贵族们嘴里的坏种,却在败局将至时选择拿起枪杆去守护自己的故乡。女主角明明已被爱情打败,在无知傲慢中终永失所爱,但只要手握故乡的红土,她就像枚种子般坚强,宁静的大地赋予了她坚韧不拔的生命力,所以面对爱情的惨败,她依旧期待着明天。

这部名著之所以打动了众多读者,绝不仅仅是因为男主角与女主角之间的爱情有多可歌可泣,而是将笔触与焦点,暗中放在了世人对家国的情怀上。这样布设感情线,自然有一种蓬勃的生命力,我们看到了爱情,更看到了没有被主人公放弃的故土。

以《飘》为例,我想带大家领略的是一些文章中,隐藏于爱情之下的更深邃、厚重的感情线,往往是这些人类可贵的精神与追求,才塑造出传世经典。

3. 非人类、非生物。

为什么会提到这两类?

随着时代的发展,各种信息冲击着当代读者的眼球,脑洞的迭代速度非常之快。

有段时间，我连续看了几本新文，主角都是非人类。之前的小说作者，往往喜欢塑造"异世"，比如，废土、末世、星空、克苏鲁、赛博朋克等，力求给文章带来令人耳目一新的变化，而现在，早有一批作者另辟蹊径，开始尝试塑造非人类的主角，这样做的优势是什么呢？

在一般小说中，我们只会联想，人类主角在特殊地图中，会以人类的想法和视角做些什么？

但在这种非人类的小说里，作者探索的是：以非人类的想法，主角会有什么情感属性，又会带来怎样的矛盾碰撞？

比如，可以选择野兽作为主角，包括我们常见的动物甚至传说中的九尾狐、梼杌、神龙等。以人类为第一主角的小说，为了树立正确的三观，作者一般不会把人类主角塑造得残忍暴力，但主角转化为灵智初开的野兽，其内心活动、精神状态就变得相当有趣，值得深挖。

假设以龙这种生物为基点，去看它认识世界的方式，想龙之所想，做龙之所做，对于兄弟之间另类的相处方式，对于食物与领地的执念……因物种的不同，而被赋予了极为特殊的感情线。

如果主角是"龙族"还不够离奇，那我们的思维还可以更发散，比如，科幻世界喜欢探讨的硅基外星人、聊斋中的鬼怪，甚至是洗衣机、冰箱等我们生活中常见的电器，试想一下，一个对人类社会懵懂不明的电器，在连接其他电子设备的时候，通过数据交换，慢慢学习人类社会知识，与人类建立人际关系……各种离奇的心理活动被作者描绘出来，就能给读者带去全新的阅读体验。

我们经常讲"创新""突破"，其实除了从大纲或"金手指"上突破外，也可以从感情线上突破，一来深化文章内核，二来避免了与市面上大部分流通文的雷同。

第三节　感情线的递进方式

　　感情线递进，是为了配合剧情线，产生事件，并在事件中升华、反转、消磨感情。这里主要以虐文爱情线为例。同理可适用亲情线、友情线，甚至精神大义线与非人类线。

　　一般新手作者对于感情线的初步认识，在于"甜蜜—磨难—甜蜜—磨难"的反复验证。所以我们经常看到一部分言情小说中讲，男主女主甜甜蜜蜜地在一起时，突然跑出个男三女四给主角制造矛盾，因误会，男主女主受伤离开，在经历一系列波折后重新走到一起……后文不断重复这个套路，直至作者自己都写不下去为止。

　　这类文学被读者戏谑为："男主女主都不长嘴，活该追妻或者追夫火葬场。"

　　这句话是一个笑话，也是一种警醒，那就是身为一个优秀的小说工作者，我们要在自己恪守的信条里加一句话，那就是："永远都不要写'没嘴人'的故事。"

　　因不询问、不解释、不探究、不观察而产生感情矛盾乃至波折是感情线最低端的写法，一般在同一文章里，最多出现一两次，若重复次数较多，就会落入"没嘴人"的诟病。那么矛盾要怎么写才合理？才深入？才令人心痛又无可奈何？

可以从感情线的三大思考方向入手：伦理、心理、生理。

伦理：1975年日本拍摄了一部爆款爱情虐恋电影《血疑》，男主女主几经磨难才在一起，结果发现二人竟是亲兄妹。这部电影之所以在当年产生那么大的轰动，无非是感情线最终以一种伦理性的冲击打破了世人对爱情戏的常态认知。

制造爱情矛盾，不但可以从类似《血疑》的方法入手，世间还有很多禁忌伦理可以成为爱情的绝壁，比如武侠小说中，男女主相爱至深，中间却横亘着杀死至亲的血海深仇，闻名世界的戏剧《罗密欧与朱丽叶》也是这样的写法。

同理，写友情、亲情时也一样，不要陷入"没嘴人"的套路，最多人设中有一个"没嘴"，其他还是要智商在线的普通人，而制造障碍从伦理角度更容易入手。比如，电视剧《都挺好》里的苏明玉与其重男轻女的父母，生为人女，苏明玉永远无法在道德制高点上反击自己的父母。但站在一般人的角度，看到其父母对苏明玉的不公平待遇，又恨得牙痒。

而伦理线，是最适合非人类线的一种感情线切入口，完全不同的种族，完全不同的身体构成、社会结构，会导致非人类角色产生与人类截然不同的认知，就好比同一个游戏里点亮两棵不同技能树的两个不同角色一样，无论是探讨异种在全新世界里的精神世界，还是琢磨异种在人类社会中种种不适应的心理变化，都是写作难点、特点和看点。

伦理，永远是感情线一个避不开的话题，大家在起笔的时候可以好好思考，把其中的矛盾冲突刻画清晰。

心理：从心理角度，我们要讨论和争议的是，什么错误是值得被原谅的，什么矛盾是不可调和的。无底线的原谅，容易招致读者难以平复的怨气。很多年前，我们还可以经常看到破镜重圆的小说，但近年随着女性意识的觉醒和解放，女频小说的读者更倾向于"一次不忠，终生勿用"的剧情走向。

同理，写友情、亲情时，作者也要明确自己的道德底线，同时对生活拥有深刻的观察和认识。之前提到的《都挺好》的例子，一个生活在极度重男轻女家庭的女主，靠着自强不息终于独立，抛弃了趴在自己身上吸血的哥哥们，却在父亲得了阿尔兹海默症后还偷偷存钱给自己买试卷后破防，重新回归家庭。这种回归和反转，是愤怒与报复之后人性的升华，也是女主从弱小走向自强后真正的强大。

在这里我们要去琢磨和深思的是，在感情反复波折，甚至剧情线百般"摩擦"后，读者期待的主人翁的状态。如果主角在每次磨难中心理状态都在原地踏步，那么文章的格局就会被局限，只有蜕变、成长、领悟，乃至成为平凡者中精神之神般的存在，作品才能具备真正的人物小说的精神内核。

"成长"二字，同理也应用于包含"文章大义"的感情线处理中，正如我之前举的《飘》的例子，彷徨多疑的爱情线与一直坚定不移的家国线放在一起，我们阅读后看到了爱情，更看到了爱情得失的渺小、故土深情的厚重。

生理：小说圈一直流行一个"梗"，是从琼瑶剧里流传出来的，那就是："你只是失去了一条腿，而我失去的可是爱情啊！"

身体的残缺，创伤也经常会出现在感情戏里以增加感情线的波折性，大家可以尝试，但切记不要滥用。

这里又不得不提一下韩剧必备的三宝：女主脑癌、男主失忆、男配被车撞死。这些"肉体的伤害"为何总能给人留下深刻的印象。因为肉体的残缺与死亡，极大地提升了悲剧的可悲性，强化了人物心中的悲哀感。

多提一句，不能因为生理残缺可以加强感情线的浓度就经常写。

总而言之，感情线的波折磨难有九个字说得特别好，那就是：爱不得，恨别离，意难平。

从以上伦理、心理、生理入手，从爱不得、恨别离、意难平考虑，你一定可以设计出一些令人欲罢不能的感情线波折。

当然，以上所提到的大部分为感情线的磨难、关卡，也请大家不要忘记：感情线的正向递进关系。

无论爱情、友情、亲情，人设除了遭遇打击后变得更强大之外，还能从这些关系中汲取能量，壮大自身。爱情有爱情的甜蜜，友谊有友谊的两肋插刀，亲情有亲情的温暖港湾，大义有大义的浩然正气。不要因为虐文而完全写虐，也不要因为甜文而单一写甜，有糖有刀，才是高级的写法。如果把感情线的起伏看成数学象限里的波纹，那么高高低低，才是最美好的曲线，让人尽情享受坐过山车般的落差。

最后，浅谈一下感情线与剧情线的关系。

之前我已经说过，一部完整的小说，就是由剧情线和感情线交织而成的，只是因为题材不同，比重不同，也许言情小说中，感情线占重头，刑侦小说里，剧情线占重头。但二者交织，缺一不可。这个思想，可同样来回答之前"小说写到一半写不下去了怎么办"的问题。如果作者感觉剧情单薄，可以强化感情线的内容；如果作者感觉感情线脆弱，就可以考虑从丰富感情羁绊的角度入手，加入新鲜有力的剧情辅助故事的延伸。

当然，讲感情线，除了技术部分，很大一部分内容，与悟性和觉知有关，这部分觉知，很难言传只能意会。希望大家多思考，多琢磨。

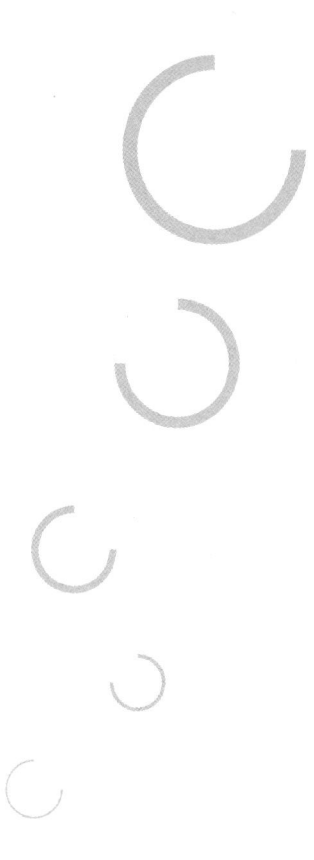

第十一章

大高潮和小高潮的写法与运用

第一节　高潮是什么

复杂一点说：

（1）小说高潮是指矛盾冲突最紧张、最激烈的地方。

（2）小说高潮是层层设疑最后解释的地方。

（3）小说高潮是最能体现小说主旨和表现人物性格的地方。

（4）小说高潮是作者思想感情表达最强烈的地方。

简单一点说：小说高潮是能刺激读者在生理与心理上产生冲击的文本。

在详细剖析高潮写法之前，首先明确一个定义。

高潮到底是一个点？是一条线？还是一个面？

有人会笼统地认为，高潮=爽点，这个观念不正确。爽点是高潮的组成部分，但爽并不是高潮的唯一追求。有些悲剧，或者一些现实题材、探案题材，高潮是悲剧的，甚至高潮是不牵扯悲喜属性的，但它依旧以不可磨灭的姿态，在读者心中留下深刻的印象。

说到底，高潮就是一个完整的故事叙述过程，我们不可以抛弃铺垫谈高潮，高潮也不可能在完全没有基础的情况下搭建起来。

首先,大家可以把高潮看成是一条"线"的姿态,有前因、有"布梗"、有施疑,然后是高潮,最后是结尾。

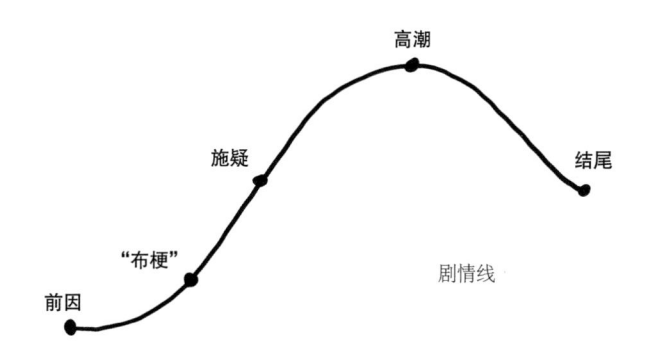

```
                    高潮
                  ●
              施疑
            ●
       "布梗"
      ●                          剧情线
  前因
●
```

但只把高潮看成一条线,还是太简单了一点。一条线索下写出的高潮,可被视为文章中的"小高潮"。只有多角度串联、多线索并进,形成叙述面,并将爆点汇聚在一起,形成波峰,才能被称为文章的"大高潮"。

光是介绍这些繁杂的概念,大家一定看得有些迷糊,现在我们用马斯洛需求模型,来具体细化一下文章高潮的结构。

第二节　高潮的本质

关于马斯洛需求模型，网上曾有人用它剖析过读者心理，这里用于讲解高潮构成，也特别适用。

马斯洛需求模型告诉我们，人至少有五个层次的需求，从低到高依次是：

第一层次：生理需求；

第二层次：安全需求；

第三层次：社交需求；

第四层次：尊重需求；

第五层次：自我实现的需求。

看书时读者自然而然将自己代入小说主角，那么我们满足了主角个人的需求，就等于是满足了读者的需求。

第一层次：生理需求。

我们可以先在文章中做一条"线"，不断满足马斯洛需求模型中的第一层次需求，即生理需求。

生理需求

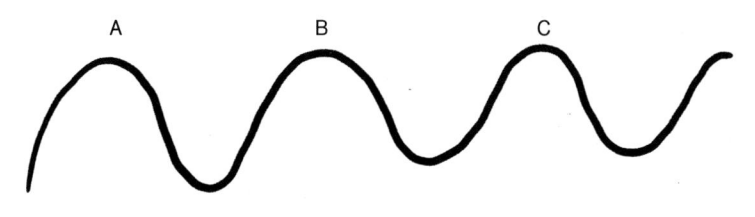

在 A、B、C……这些波峰点上，依次完成维持人体内生理平衡的需要，如对水、无机盐的需要；对于温暖的需要；对于两性生活的需要等。比如，饱食、衣不蔽体的生活得到改善、得到美女（美男）的青睐，等等。

每一次需求得到满足，就是文章的一个小高潮。

第二层次：安全需求。

我们在如何写大纲那节里，讲过"珍珠穿项链"的例子。一个好故事，绝对不是一条线、一个叙事逻辑可以完全覆盖的，在"生理需求"线之外，我们再做一条"安全需求"线。

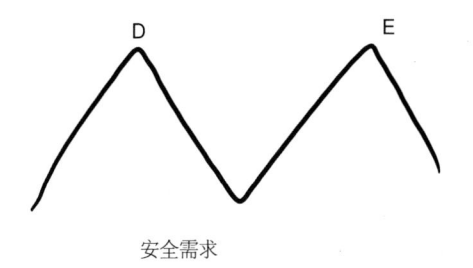

安全需求

在 D、E 这些波峰点上，完成安全需求：身体健康、人身安全、职业稳定、收入有保障、财产保险、年老后的生活保障等。比如，疾病得到治愈、在工作岗位上得到晋升、收入增长，等等。

第三层次：社交需求。

我觉得到这里，大家应该已经明白了我的套路，那我们开始建立第三条线——"社交需求"。

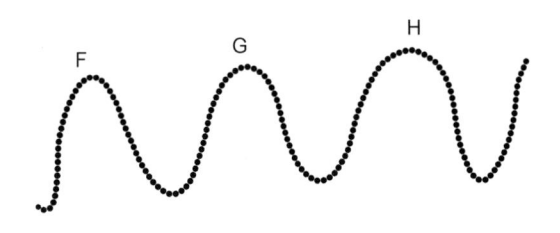

社交需求

在 F、G、H 这些波峰点上，完成"社交需求"。在管理心理学中，社交需求也叫归属与相爱的需求。当生理需求和安全需求基本满足以后，社交需求就成为人们的强烈动机。希望和人保持友谊，希望得到信任和友爱，渴望有所归属，成为群体的一员，这就是人的归属感。这里的具体实例有：得到组织认可、获得意外友情、与朋友感情加深、在人际交往中得利，甚至自己创建门派。

第四层次：尊重需求。

第四条线是"尊重需求"。尊重需求又可以分为内部尊重和外部尊重。内部尊重就是人的自尊，是指一个人希望在各种情境中有实力、能胜任、充满信心、能独立自主。外部尊重是指人希望自己有稳定的社会地位，希望个人的能力和成就得到社会的承认，希望有地位、有威信，受到别人的尊重、信赖和高度评价。

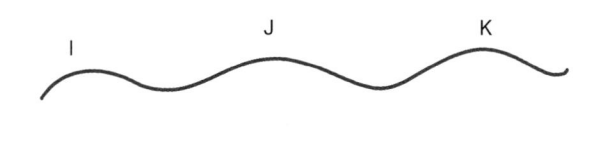

尊重需求

在 I、J、K 这些波峰点上，完成"尊重需求"。比如，主角的个人胜利、大战成功、得到外界的认可等，这种尊重需求得到满足，能使人对自己充满信心、对社会满腔热情，体验到自己活着的用处和价值，同时也让读者得到满足。

第五层次：自我实现的需求。

第五条线是"自我实现的需求"。自我实现是指个体的各种才能和潜能在适宜的社会环境中得以充分发挥，实现个人理想和抱负的过程，也指个体身心潜能得到充分发挥的境界。

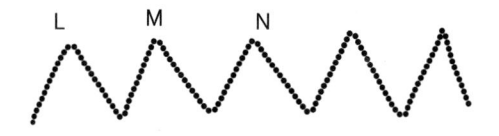

自我实现的需求

在 L、M、N 这些波峰点上，完成"自我实现"。比如，谜题的最终解开、一件不可思议事件的达成、文章主要矛盾的解决、作者（主角）伟大理想的实现、精神层次的拔升等，自我实现体现出人类个体在追求未来最高成就上的人格倾向性，是人的最高层次的需求。

从以上五条"需求高潮线"不难看出，想要在文章里穿插小高潮还是很容易的，只要作者把自己的焦点放在"读者需求"四个字上，无论从生理、安全、社交、尊重还是自我实现的角度上，都可以随时创造剧情去设立"爽点"，堆积"高潮"。

高潮与需求的关系讲到这里就结束了吗？

等等！

我们再来看一看，把五条需求线和故事剧情线放在一起的效果。

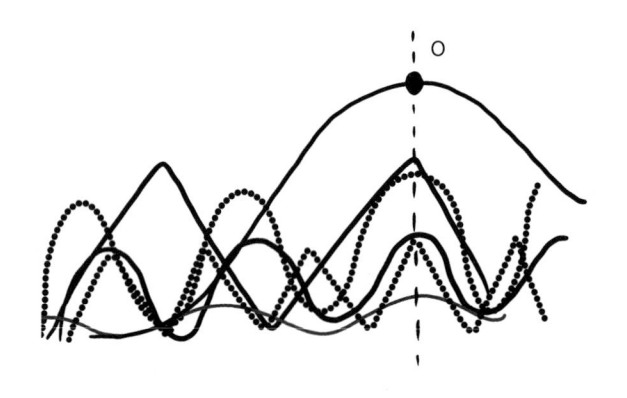

五条需求线和故事剧情线

通过观察以上这张图，想必不难理解，为什么有的小说故事看上去根本没有低潮，通篇都戳在读者的兴奋点上。

只要我们制造足够多的波峰，就能一直取悦我们的受众。当一段需求陷入谷底的时候，另一段需求却正在冲向峰顶，后续不断的波峰就可以带动读者的情绪一直向剧情尾端推进。当所有的线索和需求都汇聚在一点（O 点上）时，就是情绪、剧情、需求的大爆发，也被称为"文章的大高潮"。

这里我们再重新定义一下大小高潮，"小高潮"是文章中某一个需求得到满足的剧情片段，"大高潮"则是文章中数个需求的同时爆发，同时也蕴藏着作者本身对小说寄予的最高思想内核。

第三节　写小高潮与大高潮时，应该注意的要点

从需求线入手，写小高潮与大高潮的时候，也应该注意以下几点。

1. 这五条线的需求层次，是依次提高的。

每一条线都阐述，是为了让大家心中有更详细的概念，而不是要求大家在写文章的时候，每一条线都用上，要视文章的具体需求而定。

2. 小高潮数量可以无限，大高潮只安排一两个。

为什么小高潮可以数量无限？

兴奋点谁不想看？只要安排合理，小高潮的数量可以视作者对情节的把控力而定。

但大高潮为什么只有一两个，而且要安排在文章中后期呢（几百万字大长篇网文另当别论，最好一卷有一个）？

因为想把所有需求和要点安排在同一时间爆发，不是一件很容易的事情，前期需要做很多人物和剧情的铺垫，若是没有这些铺垫，情绪是想爆都爆不出来的。所以才会被安排在中后期。

我为什么要在大高潮的定义里加上"最高思想内核"几个字？

这是因为，大家写文章一定会有一个主题，或讴歌爱情，或守护故乡，或寻找自己，或讨论道法。这些与文章主题相关的情绪爆发，势必只能在最后拿出来，要是文章开始就道尽了作者的所有想法，可以想象，后文不会有什么精彩内容可读。

近年大火的国外著作《冰与火之歌》写了一个特别的开头，故事从临冬城开始，待读者熟悉了临冬城的成员，并期待整个故事从史塔克家族开始的时候，临冬城城主突然被处决，整个家族瞬间分崩离析。

这就是一种反套路的写法，可以说是打破了墨守成规，将读者一眼认定的主角在文章开头直接行刑，这种强烈的刺激和难以置信感，为读者制造了巨大的期待感，好奇作者后期还能消灭多少人，没有主角的故事又将如何进行下去。

3. 写高潮的时候，最忌讳作者胆小。

有一句话是这么说的："看热闹不嫌事大。"我们在设计高潮的时候，一定要胆大。如果事件起伏设计太小，就失去了起伏和反转的力量。浪不大，力不强，对读者的冲击也相对较小。

可以大方暴露主角的弱点。

高潮的核心二字是"张力"，如果需要跨越的难度不够强、不够高，那么张力也就不够吸引人。铺垫张力，除了从心理因素入手，还可以从外部环境、主角自身与困难之间的难度来强化。

只有在读者目测之下，主角难以度过困难，读者才会有危险来临前的提心吊胆之感。

4. 相邻高潮不要本质重复。

这句话怎么理解？就是你可以在同一文章里，将读者的生理需求、安全需求、社交需求、尊重需求和自我实现的需求轮着写几遍，但不要揪着一个点，反复拿捏。

比如，主角为了得到修仙的资格，要与九个宗门的第一高手轮番打斗一次，于是作者事无巨细，将与每个高手打斗的场景都写了三万字，整整一卷下来，气都没让人出一口。自己写得疲惫不堪，读者也看得无聊至极。

很有可能作者也不明白为什么自己最用心写的章节，读者却不买账。其实只有一个原因，那就是读者不喜欢重复已知内容，哪怕打斗桥段设计得再好，也不能改变主角场场胜利的结局，结局已定，过程又雷同，谁会有耐心一直读下去。

读者既不喜欢完全的未知，也不喜欢没有意外的已知。写高潮，最好暗示百分之三十，意外百分之六十，还有百分之十留给意外的意外，这样才能真正把读者的感受抓在手心里。

5. 虽然发现矛盾并解除矛盾是爽的，但一定要占领道德的制高点。

这一点是大家初次写小说经常忽略的重点。一些新手作者不太明白如何铺垫世界观，虽然也清晰地交代了恶势力的存在，但并不具体写对方有多坏，就开始引导主角团对恶势力进行非人道的处罚，缺乏正确的善恶引导，尽管描写得华丽细腻，还是无法制造爽感，甚至令读者产生抵触心理。

我们不能仅一笔带过恶势力的恶，就开始高举人类大旗进行死亡宣判。我们要知道，恶也需要铺垫，像《阿凡达》一样，我们并不会因为自己是人类，就贸然认定人类所做的一切都是正义的。正义与非正义，需要具体的事件来彰显。若不先具体写出异族的险恶、狡诈、冷酷，就高呼人类主义实在是苍白无力，只会让人觉得主角暴虐、无脑、不分黑白。

大家在写文章的时候一定要注意这一点，所谓的英雄，很多是在被压榨、被迫害之后才树立起来的，不然，仅以一个口号随意发动战争，那我们笔下的英雄，又与恶人有什么不同？

6. 不要犹豫，要强势扭转局面。

一定要把焦点聚焦于主角的身上。有些小说为了加强人设，会毫不吝啬地把主角的光环分配到配角身上。要知道，读者看文章，主要是将自己代入主角的身份，若配角过于高光，高潮就有一种为他人作嫁衣的感觉。

所以写高潮的时候，最好把所有爆点都安排在主角一人身上，不要认为这样做也可以，那样做也可以，有无主角皆可。既然事件的矛盾点和爆点已被制造出来，那么一切就通通由主角去点燃。

第十二章

巧妙利用:反转的几个层次

第一节　反转是什么

反转是指剧情发生正反逆差式的变化。

举个简单的例子，主角原本的人生一帆风顺，却因为某些事情忽然急转直下。

这就是反转。

它本身并不会让读者有过多的惊叹，只是故事中的一个部分。

我们明白了反转的概念后，就可以了解一下反转的几个层次，只有了解了它们，我们才能更好地设计我们的小说剧情，写出令读者"惊叹"的反转来。

第二节　反转的三个层次

第一个层次：常规设定上的反转（可以多次小反转）。

常规设定上的反转是什么呢？是指大众所熟悉的反转。

比如，好人变坏人，坏人变好人，一帆风顺的家庭突遭变故，和谐的婚姻变得不幸。

当然，值得注意的是，随着网络小说的不断发展、读者阅读量的不断增加，小说里的常规设定也在不断迭代。

于是便延伸出了一些基于网络小说套路的反转写法。

比如，原本许多女频虐文，男主总是触犯道德与法律底线，让女主顶替坐牢等，女主还重度恋爱脑，心甘情愿被迫承受，这种文章泛滥了，难免会让老书虫们厌烦，于是有了女主觉醒报警抓男主，从而摆脱男主的反转剧情。

这看似是一种反转的升级，令人耳目一新，但其实都是同一层级下的反转变种，只是面对的读者群不一样而已。

我近一两年靠着火柴人视频[1]，全网吸引了300多万粉丝，此系列的总播放量也早就破亿了，大部分作品是以这种"调侃

---

[1] 用手绘的火柴人的动漫形式，将小说转化成视频。

套路文"为基调来展开写的。

写得多了，我发现，当这种"调侃套路文"的"梗"过于密集时，小短文视频播放量就会低得可怕。

因为这种"小说梗"，需要读者阅读过大量套路小说后，才会了解里面的点。而阅读量大的读者，毕竟是少数。

此"梗"，也可以适用于"游戏梗""动漫梗"，只有固定圈子里的人，才能看得懂。

高层次的反转，应该是让读小说不多的大众读者，也能一眼就看明白，同时又惊叹。

接下来的两个更深层次的反转方式，便很好地阐述了这一点。

第二个层次：基于现实的反常识反转（可以多次小反转）。

什么是基于现实的反常识反转呢？就是将现实中反常识的事情，运用到小说里。

我总结了两点。

（1）将魔幻的现实世界加以运用。

相信很多人在新闻或者纪录片里，都看到过人类的一些奇葩行为。他们行为的奇葩程度，常常让人觉得不可思议。

比如，男子偷摩托车不会骑找代驾，代驾又因酒驾被查，偷盗事实败露。

一男子跑到派出所询问自己有无前科，民警称："你是逃犯"，并将其当场抓获。

一母亲接到女儿被绑架的电话，绑匪索要 50 万元，最终砍价到 33000 元。

一男子偷走正在直播的手机，作案过程被全程直播。

这种打破我们固有认知的真实事件，便可以放进小说，加以运用。

举例：女主正在路上直播，被蒙面男抢走手机，追逐的过程中，蒙面男发现手机正在直播，下意识地喊："你们要是不给我钱！我就撕票！"

网友以为是演戏，纷纷喊真实，刷了无数礼物，人气暴涨。

最后女主没追上，哭泣，蒙面男得意，后发现直播账号是女主的，刚刚网友送的几十万礼物提不出来，焦头烂额。

于是蒙面男谎称自己捡到手机，让民警帮忙找失主，结果被细心的民警发现他是逃犯，有绑架他人的案底，当场抓获。

女主手机失而复得，民警也在官方微博上发了公告，告诫广大网友要遵纪守法，因事件太过离奇而上热门。

女主因此爆红网络，直播间人气暴涨。

一波三折，反转不断，还有理有据，真实又离谱。

还是那句话，我们的所思所想，都会局限在我们的所见所闻里，而好的反转其实就是在探索常识以外的区域，所以，多看书，多看纪录片，多刷新闻，多长见识。

（2）基于人类奇妙心理的反转。

我曾经为了写文章，看过大量的连环杀人案作品，浅读过犯罪心理学，线下也上过心理学的课程。

那时候我才知道，其实许多穷凶极恶的罪犯被捕后，并不会忏悔，反而会得意，或是懊恼于自己做得不干净，被发现了。

哭泣，也不过是因为要接受惩罚，承受不住后果而已。

而大部分小说里的坏人，都会有一个后悔的情节，那一般也都是小说的高潮。

如果在这个情节里，我们身为作者，基于现实的考量，让坏人得意自己的"作品"，懊恼自己当时没做干净，或者后悔的仅仅只是当初的心软呢？

当我们了解了罪犯的心态，将这种心理状态写出来，融入剧情里，那这个就是符合逻辑又有些不一样的反转。

当然，也不只有这些，我在线下上心理学课的时候，一位从业多年的心理咨询师跟我们说过，其实人的许多潜意识，都是反常识的。

比如，许多人都下意识地认为父母都是希望子女成才的，就连父母自己也这么觉得。但实际上在很多父母的潜意识里，并不希望子女成才，最好永远依靠他们。

或者很多人的表意识都希望自己能够成功，并渴望成功，为此不惜付出许多努力，但潜意识却不希望自己能够成功。

有这种心理特征的人，一般都会在关键时刻掉链子，比如，每次重要考试的时候就发烧，或是去重要演讲的路上"不小心"扭到脚。

好似生活中有无数的霉运，但其实都是潜意识搞的鬼。

究其原因，大多数是低自尊的表现，认为自己配不上光鲜靓丽的"成功"。

又或是有一些乐于助人的人，他们热情大方，会帮助人，同时坚决不要回馈。如果有人坚持给，他就会十分恼火生气，甚至直接翻脸，破口大骂。

有这种特征的人，大多数是因为在潜意识的层面上，他们认为自己一文不值，根本就配不上别人的谢礼。

当我们熟知了这些人的奇妙心理活动变化后，就可以借此写一篇不同寻常的反转文。

比如，霉运连连的活泼女主，能力很强，却总是在关键时刻掉链子。

霉运连连和关键时刻掉链子，都是傻白甜套路文里的常用设定，但当我们身为作者，了解心理学后，知晓这其实是一种人类低自尊的体现时，就可以在关键时刻进行反转，描写女主有这些特征，完全是因为小时候的某些事件导致的。

只要我们能合理描绘出女主的心理成因，那小说的基调和故事走向便可以从原本的傻白甜反转成自我救赎，或者相互救赎。

此类反转既合乎情理，又在意料之外。

我始终认为，写文章是考验作者对于人的理解，这里的人，不仅仅是指人性的善恶，更是指人类奇妙的心理特征。

第三个层次：基于故事结构的剧情反转（文章中后期的大反转）。

什么是基于故事结构的剧情反转呢？就是指这类反转主要是建立在作者设立的故事结构上。

显著特点是，此类故事一般都有一条明线和一条暗线。明线主要是欺骗读者的眼睛；暗线则是真实故事的发展。

举个例子，《心灵侦探城塚翡翠》这本书，一开始写得很玄幻。

一个可以通灵的女孩子，跟一个业余喜欢破案的男人一起合作破案。

一开始男人因为某些原因去占卜，遇到了女主，女主通过占卜说出了很多按照常理不可能推理出来的内容。

比如，这男的是干什么的，他喜欢什么，爱好是什么，年纪多大。

这是一个很常规的超现实题材的开头，故事往下深入，作者写了好几个推理小故事，都是女主通过占卜推理出罪犯身份，中间还夹杂了一些跟鬼怪有关的内容，让读者一直觉得，这就是一本普普通通的超现实题材的小说。

同时还设置了一个杀人犯，警察一直抓不到，来作为贯穿整个故事线的大人物，这也是一个很常见的小说设置。

结果到了结局，读者才发现，原来男主就是这个杀人犯。这一层的反转虽然不多见，但也不少见，真正令人诧异的是女主。

男主被爆出是大人物后，他绑架了女主，在想要杀她的时候，被早有准备的女主反杀了。

原来女主在之前就推理出男主是杀人犯，还叫来了警察。

在结局，女主通过逆推，把之前每一次办案的细节重新梳理一遍，发现那些案件里的"罪犯"根本不是女主占卜出来的，而是她之前提到的小线索，这些小线索是可以直接指认出罪犯的，但警方和男主都没想到。

这个女主的智商就高得出奇，她可以通过很细微的东西，直接判断出凶手是谁。

这本书从一开始的超现实基调，通过占卜才能探案的小说，反转成了一部严谨的推理小说。

这种神一样的反转，就是从底层逻辑开始的，从读者的第一感官开始，就在埋线，它一直在误导读者的关注点，然后在结局的时候，给读者来了一个雷霆之杀。

读者对于不同基调的小说的要求和期待点，是不同的。

它就像 a、b 两条线，明线用来迷惑读者的眼睛，暗线会偶尔浮出水面，与明线交织，但如果不点破，很难被读者发现，只以为是明线的一部分。

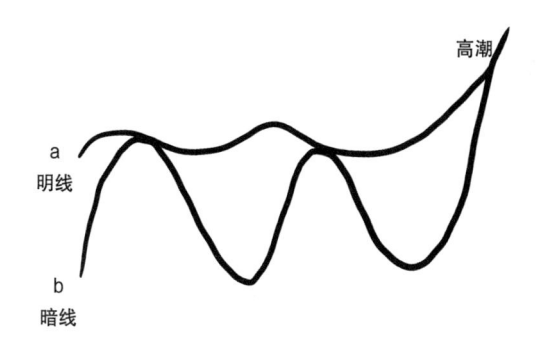

明线、暗线与高潮的关系

最后到达高潮结局时，才发现那两条线交叉的部分，都是为了最后的反转时引出暗线而存在。

这类反转，一般只会出现在文章的中后期，或者大结局时，且一部小说最多只会出现一到两次，属于大反转。

而前面我提到的第一个层次和第二个层次的反转，则是可以多次出现的，属于小反转。

  当然，在了解了反转的三个层次后，我们身为作者，在写反转时，还要比读者多思考一个问题。

  那便是：反转的目标是什么？

第三节　反转的目标是什么

简单来讲，就是我们写了一个贫穷的女主，想要让她暴富，那暴富，便是反转的目标。

当我们确定了反转的目标是暴富后，就可以开始规划剧情的反转了。

捡钱？天降系统？还是中彩票？或是像我之前举的例子那样，让蒙面男抢了女主正在直播的手机，阴差阳错让女主爆红，外加几十万直播礼物？

从这里就能看出，反转并不单单是一个让剧情发生正反逆差式变化的点、一个瞬间，而是一条规划合理的剧情线。

在我们规划大纲的时候，只要在剧情线上标示出每次反转需要达成的目标，目标与目标之间的剧情，就是我们可以放开想象，去填充的"惊喜"了。

这样设计出来的小说，既不容易脱离大纲主线，又能给故事多一份"可能"。

第四节　写小说，必须眼高手低

这节的内容与反转无关，只是我的一点小感悟。

我以前学画画的时候，美术老师讲过：画画，必须眼高手低。

就是眼界必须比手高，能看出自己画得不足，才能进步；如果手与眼持平，觉得自己画得不错，就要警惕，那不是你画得好，而是你眼界太低，多看名师的画作，把眼界提上去了，发现自己的画还有很多不足，才是正常的状态。

写小说也是，在我长达 12 年的写作生涯里，我几乎大半时间都是这种状态，一边唾弃、一边焦虑、一边写，偶尔觉得自己写得不错的，过几个月回头看，发现还是有需要改进的地方。

永远都觉得自己的知识储备量是不足的，但就算如此，手也没有停下，输出和输入几乎同时进行。因为我知道，实践才能成长，希望大家都能放下自己内心的不安，撒开手，去写。

名师的画技，虽然你暂时达不到，但作为一个目标存在，会让你有方向感。

希望我的这本书，能帮你们指明方向。

第十三章

立意高远：让小说走得更远

第一节　什么是小说的立意

小说的立意是指作者在创作小说时所追求的目标、主题或思想，是小说的灵魂和精髓所在。

其实这节，我曾犹豫要不要写，因为它不像之前的章节，可以清晰地讨论技巧和方法。比起具体的方法，立意更像是一种精神追求，是某些作者锲而不舍在寻找，某些作者却嗤之以鼻的事物。

我也曾在之前的内容中，反复提出一个观点，那就是身为作者的你，在提笔的那一刻，一定是有什么东西想要强烈地表达。

把这个观点转换为一个问题，就是你为哪一个冲动而写作？

是经济利益吗？网上有很多新手提问，一个作家能赚多少钱？如果是迫于生计，网文的确是一个门槛比较低的行业。只要你喜欢讲故事，擅于分析市场，肯跟着热点来写，养活自己八成没有问题。要是运气好，正好选中了某个大热的题材，说不定还能小火一把。

如果除了生存，你对文字是真的热爱，并强烈地渴望表达自己，希望自己在工作之外，在这个世界上留下更多有价值的东西，那我们继续讨论立意这个问题。

虽然没什么立意的小白文节奏好的话依旧有市场，但那些破圈的作品，多多少少都需要作者有一定的文学功底和思想内核。

而立意，则是一把可以让我们的作品冲出重围的利器。

所以本节的内容，与其说是一种"传授"，不如说是一场讨论，一次启发。

第二节 立意重要吗

在文学圈里,"成绩好"与"口碑好"并不是一对不可分割的好兄弟,有些作品的成绩的确很好,作者也通过它赚取了不菲的收入,但是热度只有一两年甚至只有数个月,经过时间的洗礼,很快就消失在人们的记忆里。有些作品口碑很好,获得过很多普通人难以企及的荣誉,可惜只被小众所接纳。想要达到"成绩好"又"口碑好"是一件相当难的事情,也许一年内可以看到一两部,但有时经过数年,才会有一部作品进入大众的视野。

像这样"成绩好"又"口碑好"的故事,都有一个共性,那就是"立意高远"。

比如《西游记》,你不能把它看作是一只猴子过关打怪兽的爽文,排除宗教元素不谈,单讲它的精神内核,我们所看到的猴子,从顽石进化成了天地第一斗士,他无畏强权,从不逊变得张弛有度,这一层层的蜕变,激励着一代代莽撞又热血的青年们努力奋起,这就是作者留给大众的一种正能量的激励。

比如,我特别推崇的《三体》,它真的只是一个各种我们没见过的新元素堆砌起来的新科幻文吗?不是的,作者让人触动的，永远是他披在科幻外衣之下，深刻的人性见解与不屈精神。我们在三体文明的对比之下，只是卑微的低等生物，但当它们说出"你们都是虫子"的那一刻，一股誓死不服气的民族气节绝对在每一个读者心中油然而生。我们经历了高等文明的碾压，依旧以"虫子"的身份与其对峙并形成威慑！我们经历了宇宙的毁灭，但我们依旧将希望放在更久远的未来。整部作品传达给读者的精神鼓舞，远比新颖的科幻元素更耐人寻味。

再如，乔治·R. R. 马丁先生的《冰与火之歌》，当我们第一次读到守夜人的誓词："长夜将至，我从今开始守望，至死方休。我将不娶妻、不封地、不生子。我将不戴宝冠，不争荣宠。我将尽忠职守，生死于斯。我是黑暗中的利剑，长城上的守卫，抵御寒冷的烈焰，破晓时分的光线，唤醒眠者的号角，守护王国的坚盾。我将生命与荣耀献给守夜人，今夜如此，夜夜皆然。"谁不心弦悸动？

可以枚举的例子太多太多。

可以说每一部可以被奉为经典的名著，能被人久久记忆的故事，除了表面的爱情、亲情、权谋、解密之外，它们的叙事线下，一定还隐藏着一条无比打动人心的"立意"线。

这些立意线，让我们感受到了爱情，也感受到超越爱情的自我追求，超越生死的奉献精神。让我们看到了权谋，也感受到了大时代的可悲，小角色的无奈与执掌自己命运的痛快！让我们看到了悬疑解密，更看到了无数连名字都未留下的英雄对于这个时代的守护……

看到这里，我想问亲爱的你：立意要不要？想不想成为文字工作者中不朽的人？

虽然这个目标实现起来很难，但是我深知很多写作者心中，都蛰伏着一只猛虎，有可能一开始提笔的冲动是生存、是爱好、是偶然……但随着写作的深入，在这条路上越走越远，就一定会思考立意、文章精神内核之类的问题。

第三节　文章立意可以思考的方向

许多新作者认为，女频小说的立意是爱情与个人成长，男频小说则是个人成长目标的实现与守护家国的梦想。

但这些都只是最初级的文章立意，其实我们还可以从以下几点切入。

1. 从个人成长角度寻找切入点。

这是最简单的立意升级版本，它可以与爱情、亲情、友情、玄幻、悬疑、科幻、仙侠等各种题材进行融合。

我们常说，新手最容易犯的错误，就是故事没有进展，情景不断重现。

一些比较快餐的小说，总是重复着同一个"梗"。比如，女主认识了一个男配，发展出一丝暧昧，这个写腻了，再换一个男配，重复相识、相知、相互帮助，感情升级的套路，换汤不换药。

或者男主在一次机缘中得到了一件宝物，拿它大杀四方，能力提高后，又经历一些磨难，得到了更高层次的法宝幻兽，继续大杀四方。在实力层次上，貌似得到了巨大的提升，但从逻辑大方向上看，其实就是重复得到、杀敌、升级的过程而已……在这种情况下，我们怎么去体现文章的精神内核？

精神内核，自然是男女主精神境界上的跃迁。

比如，女主在与多个男性角色进行纠缠，最终发现，人生开挂并不是靠男人，自己也能开辟一片天地。抛弃那些让自己又虐又爱的无关人员后，女主见天地、见自己。这样格局就打开了。比如无情道的女主，在一次又一次的厮杀中，得到了良善之辈的庇护，最终发现有情胜无情，神应更爱世人。这样思想、行为的变化，亦是立意的一种升华。

2. 从自己的人生感悟里寻找切入点。

我跟焦阳同一年入行，也写了十多年，从一开始，她就觉得立意非常重要，所以她比我理解得更深刻，便想先引入她的视角，再说我的视角，让大家对此有更深的理解。

下面是焦阳的视角：

我初入写作行业，并不是一帆风顺，曾在一个月赚 2.7 元中苦苦挣扎，是那段痛苦的时间启发了我，所以在下一篇作品中，我塑造了一个百折不挠的主角。她不畏打压、包容强势，永远像一个小太阳般给周围的人带来温暖。

其实我本人，并不是一个魅力四射，在哪里都绽放温暖光芒的人，但那段岁月，我无比渴望自己成为那样的人，用那样的人生态度来渡过各种困难。因此我以自己的情绪入景，书写了一段有趣的玄幻故事。正是那个故事，让我成为一个正式的作家，时间过去十余年，至今依然有读者找到我，感谢我在那段时间照亮了他们的人生。

那些热情洋溢的读者留言，可能是我从事这个职业收获的最大赞美与鼓励。让我更相信精神的坚守与传达，有着超越作品本身的价值与意义。同时发自内心深处的呐喊，也最容易引起读者的共鸣。

好了，视角从焦阳那里切回来，我要来说说我的感悟。

我的转折点发生在我为了写一本影视方向的探案文，读了大量连环杀人案作品，研究了一些犯罪心理学。

那时候我才知道，原来有些人可以这么险恶，几乎突破了我的认知下限，这让我整个人都比较消沉和痛苦，但当我从这些研究中脱离出来，抬头看向窗外的阳光时，才忽然发现，哇，这个世界太美好了！

我真的是太幸运了，没有遇到那样的恶人，还生在了这样一个安全的社会里。

我也更善于发现这个世界美好的一面，也发现那些遇到不好的事情，却依旧坚强的人有多么可贵。

我想，如果让我的故事中的人物也有这样的品格，是不是就能传递些什么？是不是也会给人带来力量？

我忽然找到了某种意义，并为此一直努力着，虽然摔倒过无数次，但我都会自己爬起来。

初入写作行业的新手，不妨把自己内心深处最大的渴望融入自己的作品里，关于成长、关于孤独、关于自我的觉醒、关于反复挣扎后的成功与失败，这些都是最打动人心的感受。

3. 从世间美好、民族大义、古籍古训中寻找切入点。

中华民族厚重的文化是我们丰富的精神财富。有人说文艺作品是"对人类精神世界的一种记录"，那么中华文明，绝对是精神世界的沃土。

"为天地立心,为生民立命,为往圣继绝学,为万世开太平。"

"天行健,君子以自强不息,地势坤,君子以厚德载物。"

"路漫漫其修远兮,吾将上下而求索。"

无数诗句、故事都能启迪我们挖掘美好的精神立意。而且大众都熟悉的名篇,又特别容易引起文化共鸣。

第十四章

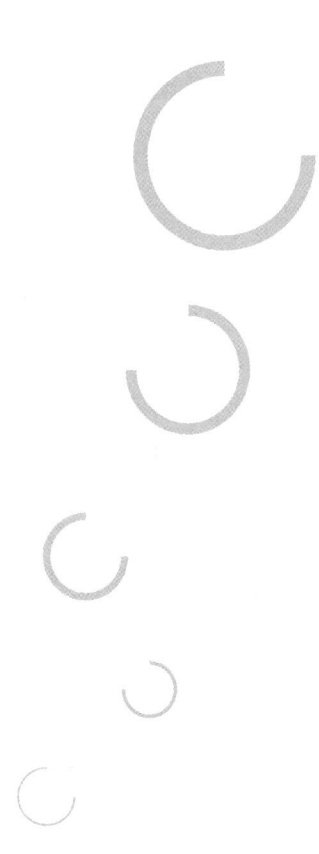

创造自己的 IP 宇宙

之所以把"制作IP"放到后面来写，是因为经过总结之后，我意识到完善和提升自我，将自己以及作品打造成IP就是这个行业的终极目标。

这个目标不是虚无缥缈的，也不像之前我手里高举的"精神立意"那么高尚纯粹，打造IP的好处显而易见，最直接的就是挣钱！

怎么挣钱呢？下面我从三个方面细细分析。

第一节　IP为什么能挣钱

1. 个人 IP 是专属的个人标签，让大众更容易记住你。

这个道理很容易理解，每隔几年，影视圈里就会出现什么"小宋佳""小陶红"之类的称号，真的是新人与旧人长相相似吗？不，被冠以大众所熟悉的个人标签，是为了更快速地让人关注和熟悉。

同理，我们写小说也一样，"言情天后×××""虐恋女王×××""大女主×××""男频第一剑"之类，真的只是博取世人眼球的宣传词吗？不，将标签系统化、精细化，有助于迅速完成筛选第一波读者，让内容以最快的速度抵达同类受众的手中。

这些手段，都突出了一个"快"字。快速让人记忆，快速分类筛选……"速度"能令内容和产品从茫茫商海中迅速突起，抢占时机。

2. 占领 IP，不容易被旁人复制，且容易成为第一个吃螃蟹的人。

国漫电影中，近几年来有想要重新打造封神体系的趋势，从之前一味地做齐天大圣系列，到现在姜子牙、杨戬、哪吒等一个个 IP 的占领。

别人想复制，除了规避抄袭风险，给原创缴纳不菲的版权费外，还要费尽心思去思考如何不被诟病，如何在大方向上超越前作的事情。

大家看看金庸先生的 IP 宇宙就知道了。他老人家的经典作品很多被翻拍，但看过那些翻拍不成功的，你就明白成为吃螃蟹的第一人有多重要。

3. 有个性的 IP，更容易被资本看重。

这一点的例子数不胜数，无数大火的影视剧都是从优秀的网文、实体故事衍生而来的，只要输出的内容有鲜明个性，便容易被下游的精加工产业所看重，比如近年来的《太子妃升职记》《传闻中的陈芊芊》等。

这其实也是我一直为什么强调要挖掘自身特色的缘故，因为唯有从自身的特色延伸出来的个人标签，才是最契合自己的，同时也是不可替代的。

说了这么多，可能一些原本大概知道 IP 是什么的同学，又开始迷惑了，本节讲的 IP 宇宙到底是个什么概念？

第二节　IP可以分为两大类

在写作和做视频内容输出的领域，IP基本可以分为两大类。

1. 产品IP。

产品IP就是你输出的内容。金庸先生写出了杨过、黄蓉等一系列令人耳熟能详的江湖人物；写出了"笑傲江湖""神雕侠侣"等一系列令人热血沸腾的故事。这些人物，这些故事，就是他老人家所创造出的IP。而最令人羡慕的是，在这些群像IP的堆积之下，他成功地创造出了独属于自己的IP宇宙。

而这又涉及了我们这节的内容：IP与IP宇宙是不是一个概念？

如果把IP比作桌上的一道菜，那么IP宇宙则是一桌满汉全席。

有许许多多的作者曾成功地打造出属于自己的IP，但离IP宇宙还有数百步之遥。比如，我们之前所说的《太子妃升职记》，在最少的预算之下，得到了最大的经济利益，可以说它是一个极成功的IP。但这个IP过了收益最大化的时间后，就慢慢被人遗忘了。它既没有成熟的新世界体系输出，又没有值得人称道的价值观输出。所以人们在娱乐之后，便会将其淡忘，就算重新谈起，也不过是津津乐道于它一夜爆火的现象。

IP宇宙则不同，经过金庸世界洗礼的孩子们，可能会很笃定地相信在世界上，曾有武林存在。降龙十八掌、六脉神剑……也是真实长存于某些隐秘宗门的绝世武学。而且后世武侠作者再创作新的武林故事，都会下意识地将逍遥派、天山派、灵鹫宫等，这些由金庸先生杜撰出的门派名称当成创作起点，在这个原本就虚无的世界设定中，重新开始新的故事。纵观金庸先生之后的武侠小说，许多新作都沿袭了先生所创造的世界观、门派观、侠义精神与等级体系。

所以说，能让世人记忆、借鉴、当成世界设定参考，甚至"正史"来看待的内容输出，才叫真正的IP宇宙。

同理，我们现在看西方魔法世界，下意识地会想到魔法棒、魁地奇、阿兹卡班等，这得益于J. K. 罗琳向全世界读者输出的哈利·波特魔法体系。

当然，这些成功创造出自己IP宇宙的大神们，也都是从创造单个成功的产品IP开始的。在这里我之所以要详细讨论IP宇宙，自然是提醒大家，在思考自己产品IP的同时，不妨将目光再拉得远一点，试着规划独属于自己的IP宇宙。

比如，为什么美国漫威要搞"复仇者联盟"？单独把奇异博士、钢铁侠的故事讲好难道不好吗？在漫威宇宙搭建的过程中，作者就有意让他们共享了同一世界设定，同一最大敌人——灭霸。通过这一系列的"同一"，将玩魔法的奇异博士、玩高科技的钢铁侠、玩肉搏的黑寡妇、玩北欧众神设定的雷神、玩辐射变异的绿巨人……通通连接在了一起，明明能力体系截然不同，但他们坐在同一张桌前的画面居然是那样和谐。也许有人不那么喜欢小蜘蛛侠，但喜欢在小蜘蛛侠里客串的钢铁侠，就会因此为小蜘蛛侠的电影而买单。这就是创造 IP，以及打造 IP 宇宙的好处……英雄打包出售，能创造更高的经济价值。

2. 个人 IP。

个人 IP，就是具有特点的人。我有一个做特效的朋友，他的短视频产品是以中国传统神话中某神明为主角，描述他所经历的一系列小故事，而这个神明在用特效变身之前的角色，则由他自己真人出镜扮演。所以在网络上，只要见到他那张脸，大家都会戏称一句"某爷"。

这样的"产品"，在市场上几乎是没有替代性的，只要这个账号换人，不再是他出演"某爷"，就算这个账号继续更新特效故事，之前积累的粉丝也绝不会买单。也正因为他是在营销"自己"，所以他所在的孵化公司也轻易不会动换人换岗的念头。

所以从某种意义上说，"人"也成了一件产品。

另外，产品 IP 与个人 IP 并不矛盾，在某种情况下，它们甚至不分彼此，相辅相成。

比如，我们谈起爱潜水的乌贼，脑海里立即就能浮现出：网文深度和出版质感。

比如，我们再谈金庸先生，生前哪怕他老人家还没有开始提笔，就有无数出版商乐意花高价购买他未面市的下一本书。

我们为什么会对以上这些人和物，瞬间产生那么多笃定和联想？那是因为他们之前所创造的作品，已经从质量、数量上证明过他们的个人价值，所以我们乐意为他们还未完成的作品买单支持。

可以说个人 IP 的打造，比产品 IP 的打造更难，但一旦打造成功，便更难被替代，更容易被市场接纳，更容易被受众追捧。

第三节　IP究竟是如何被打造出来的

打造 IP 最重要的就是注重数量和质量。

爱潜水的乌贼不是只写了一本书就给大家留下了高质量的印象，这种人设的打造，是花了十年甚至更长的时间。

在商品社会里，受众可挑选的产品数量众多，只有那些真的有质量、有性价比的东西，才会沉淀下来、经久不衰。锤炼自己的技法、提升自己的能力，才是获得成功的捷径。

之前我也一再强调，不要一味地只写纯粹的无脑小说，一定要注重作品的精神立意，因为一个好的 IP，是人品与产品的结合体。作品可以随意丢弃，但人品却是"换马甲"都找不回来的可贵之物。

这个世界的浮躁，让我们渐渐忘记"路漫漫其修远兮，吾将上下而求索"的跋涉精神，殊不知百炼成金，好的 IP 需要时间和内容堆积，真正的 IP 宇宙，更是耗时费力的宏大工程。

我也一直为之努力着，并打算在今后以作者的身份不断在小说领域里深耕。

第十五章

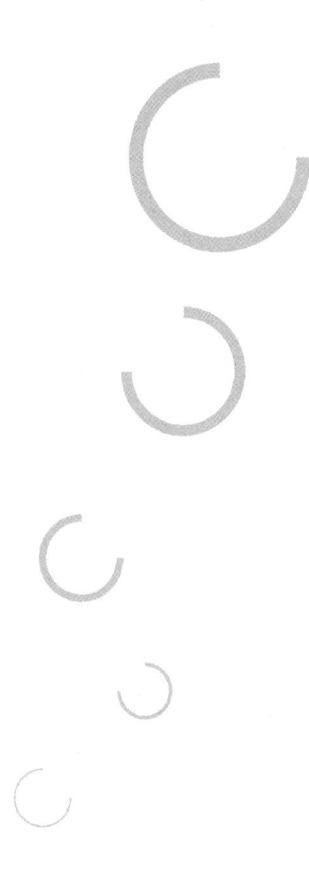

如何将小说制作成视频

本章内容算是我的独门技能了，在我做博主的这三年里，靠自己的原创视频小说全网吸粉 300 多万，粉丝也大多是看小说的忠实爱好者。

本章内容十分适合有一定写作基础，想要从小说作者发展成小说博主的朋友们学习。毕竟视频小说的创作思路与小说有很多共通之处，短视频平台的受众要比小说平台的受众多得多，完全可以多线发展，相互引流。

不过在进入主题之前，我还想跟你们总结一下我做博主的一些经历和经验。

第一节　做小说博主的五个入场建议

我刚成为视频博主时，给自己的定位不怎么精准，花了一个月做了八九个视频，才迎来了我第一个百万播放量的视频，时间为 2020 年 1 月 4 日。

前八九个视频都是试方向，不怎么垂直，播放量也就几百上千，而第一个百万播放量视频是吐槽小说的，那时候我的第一个想法便是：还是与小说相关的内容，我更得心应手一些。

毕竟，那时候我已经进入小说行业八年有余了。

所以，我给大家的第一个入场建议是：一开始的定位，要综合自己的情况，在擅长的、感兴趣的、契合市场的这三个圈的交叉处，选择最中间的那个区域。

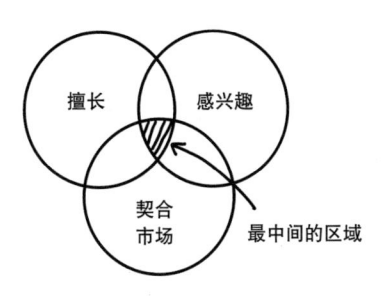

小说博主的定位

其实，我们并没有自己想象中的那么了解自己，所以一开始我们可能没有办法精准地找到这个区域，但只要持续做视频，做至少十几个、几十个，甚至上百个视频后，就会慢慢校正到那个区域。

多做，多尝试。

第一个百万播放量的视频，让我迅速调整了方向，做了好几个吐槽小说的视频，之后又因为手痒，做了不少纯爱和橘气向原创对话小说的视频，都是垂直小说类目的，便很好地接住了这波流量，账号粉丝量开始稳步增长。

我见过许多博主，在做出第一个百万甚至千万流量的视频后，因为没有接住流量，只是昙花一现。

很多人的爆红都是一个偶然，但长期的发展却需要博主本人有坚实的基础。

所以我的第二个入场建议算是第一个入场建议的衍生：做自己擅长的方向，才能在流量来临的瞬间接住它；做自己感兴趣的方向，才能在流量来临的时候，就算没有坚实的基础，也能让我们愿意为此大量学习，做出调整，接到一部分流量，并等待下一波流量的来袭。

在吐槽小说和原创对话小说做得风生水起、流量稳定后，我发现自己走入了一个误区。在视频制作中，吐槽小说系列的视频配音是我自己，原创对话小说系列是我找的配音演员，导致声音标签混乱，使许多人都只关注作品，不关注博主，导致我自身的存在感较低。

所以我的第三个入场建议是：在做博主的时候，我们需要有自己本身的记忆点，无论是你的长相、画风、文风，还是声音，都需要在观者看到这个视频的时候，迅速知道，这是谁的作品。而记忆点的形成，是需要大量重复的植入，变化太多，容易让观者混淆。

就这么持续了一年，在我视频风格稳定，大概在哔哩哔哩积累了 10 万左右的粉丝后，我将自己的内容扩展到各大平台。但我发现吐槽小说和纯爱、橘气向原创对话小说在其他平台，特别是短视频平台上有一定的局限性，我知道自己必须有新的突破，才能有新的增长点。

于是新系列：第一人称原创言情向连载小说孕育而生。我在新系列的视频中修正了之前犯的错误，主配音都是自己。

多年写作生涯和一年左右在视频行业的摸爬滚打，让我在有了扎实的文字功底的同时，还对视频的市场和节奏有了一定了解，加上运气不错，我在出新系列第一期，就取得了不错的成绩，全平台总流量破千万人次，第二期单"看点"这个平台就突破千万人次流量。

新系列稳定后，我迅速砍掉了需要别人配音的对话小说系列，加强了账号的辨识度，因精力问题又舍弃了吐槽小说系列，靠着新系列在接下来的两年时间里，全网突破 300 多万粉丝。

所以我的第四个入场建议是：即使一开始我们找到了适合自己的方向，在深入了解市场后，也需要跟随市场的变动及时做出调整，不断学习，以变化的姿态面对风云诡谲的市场需求。

改变，是为了更稳定的发展。

值得一提的是，第二期破千万人次流量的这个"看点"平台，在之前我就更了大半年，一样的吐槽小说和原创对话小说，但流量极差，只有 2000 多个粉丝，也导致我前期对"看点"这个平台的更新不是很上心。

在我几乎要放弃这个平台的时候，新系列在这个平台的爆发式流量，让我在这个平台短短几个月便涨粉百万，多次上榜。

而后面多平台的遍地开花，不同类型的小说在每个平台的流量差异，也让我明白了一个道理。也是我给你们的第五个入场建议：每个视频平台都有属于自己的个性，找到契合自己风格的平台后，也不要丢掉其他暂时看不到成绩的平台，因为它很有可能是你下一次转型的流量切入点。

总结来说，其实就是通过不断地创作，挖掘自己的内心诉求，找寻我们自身的特色，探索我们在市场上的位置。

第二节 视频小说和文字小说四个不同的节奏要点

1. 开头节奏不同。

过去，读者的娱乐方式没有现在多，或许为了能看小说，耐着性子给每一部小说三个章节的耐心；但如今的读者，大多数只会给予一部小说大概手机屏幕大小两三页的耐心。差不多五六百字吧。

同样，观众在看视频的时候，耐心会更少，所以在创作视频小说的时候，力争做到：开头第一句话就要概括主旨。

应包含以下信息：确定文章类型；确定主角是谁；确定文章矛盾点，也可以说是吸引读者看下去的点。

比如，我是总裁夫人，但总裁不爱我。

这就表明了文章类型是现代言情狗血小说，主角是我和总裁，矛盾点是我与总裁是夫妻，但他不爱我。

当然，有一些文章没有那么严格，三四句话才点明文章主旨，但代价是数据一般。

不过这里的三四句话，也都是控制在 100 字以内，也正是因为这一点，我在各大平台上每个视频的流量，除去爆款，都能稳定在一个区间内，没有忽上忽下的。

其实不只是视频小说，很多博主做视频，都对视频开头几秒有严格的要求。

比如，哔哩哔哩搞笑区博主"逗比的雀巢"的 8 秒理论。在视频开头 8 秒，往往是视频里最强的"梗"之一。简而言之，就是前 8 秒内必须给观众搞笑一次。原因很简单，就是他要在 8 秒内吸引到所有观众。

所以相较于文字小说，视频小说的开头节奏要更快一些。

2. 主线不同。

文字小说虽然只能有一个大主线，但可以有许多支线，支线围绕主线，形成一部小说。

但视频小说却只能有一个单一的主线，不能有任何支线。

在这里，就不得不提文章转成语音的所费时长了。

每个人的语速不同，每分钟的字数含量不同。以我的语速举例，3 分钟的视频约等于 1000 字，也就是说，1 分钟约等于 333 字，而一篇视频小说的总时长在 10 分钟左右，一篇文章的平均字数为 3000～4000 字，最多不超过 6000 字。

我们取平均数，4500 字。

在有限的 4500 字内，要想写一篇有反转、有搞笑、有逻辑、有剧情的小说并不容易。

单一的主线，可以让我们更集中在一条故事线上，提炼出它最精华的部分，读者也更容易看懂。若是多出一条支线，则容易主次不分，让读者混淆，不知道这故事到底要表达什么。

3. 行文过程不同。

在行文的过程中，文字小说可以用两三千字去写一段剧情，但视频小说 30 秒内至少要有一个反转或一个"梗"，抑或是一个剧情的推进。

一般来讲，读者对于视频的耐心比看文字小说要低得多，30 秒的时间内没有让读者得到内容，他们便会失去耐心，直接划走。

按照我的语速，一分钟约 333 字，30 秒约等于 166 个字，这看上去似乎难以完成，但实际上，确实是需要有一定文字功底。

那么，我们的文笔要从什么方向提升，才是正确的呢？

用词精准。每一句话，都不能是废话，每一个词，都要有它的意思。

一开始无法做到，应该怎么练习呢？

通常我们要学会写出一，让读者感受到二三。所以当你写出一段文字的时候，可以看看那段文字的表达内容，有哪些二三，或者四五六可以删除。这里的二三，指的是似乎有存在必要，但删减后完全不影响文章本意的词句；四五六则是指完全没有必要存在的废话。

比如，这句开头：我穿成了女帝，是个恶毒女配，系统让我装个好人跟女主抢男主，我偏不。

这是一，直接点名了文章类型、主角、矛盾点，读者自然就能联想到我与系统是对立的。

那我在这后面加上一句：系统说："别挣扎了！没用的！

你必须服从我。"

似乎是加剧了主角我和系统的矛盾点，但实际上删除后，完全不影响文章本意，那这句话便是二三。

在文字小说里，这样的二三保留几次，并不会有多大的影响；但在视频小说里，就会直接增加好几秒的时间，拖累视频的节奏。

而在这时候我如果再加上一句：我恶狠狠地笑了，看着四周的环境，发现我正站在大树下，树下有花、有草、有蚂蚁。

那这句话便是四五六，对剧情完全没有作用，甚至是句有些莫名其妙的废话。

当然，写作途中若是一直注意这些细节，是会卡文写不下去的，所以我们需要先从大方向入手，再抓细节。

写作一开始先什么都不要想，有灵感了就把全文写出来，然后再整体改。这样就能更精准地在整体上把控文章的节奏。

具体步骤如下：

（1）先将视频小说全文写出来。

（2）润色，包含删除不必要的词句，添加有意思的话语。

（3）将你认为所谓的爽点标注出来。

（4）将整篇文章缩小到一页纸上，看标注的分布，只要标注整体看上去均匀、密集，那它的传播度就会比较好。

记住这个步骤里的核心要点是：爽点要均匀、密集。

4. 连载中的每个视频都要让人看懂。

视频平台和小说平台的不同之处就是，它不用非得签约，可以多平台发布，只要我们做的视频是自己的原创作品，内容好，流量就会好。

既然要遍地开花，那就要综合各大平台的视频长度来折中，短视频平台的视频长度大多在 1 分钟以内，中视频平台的视频长度在 5 分钟以上。

所以我给自己的每个视频长度，都控制在 2～4 分钟。

这就产生了一个问题，一篇文章要分好几集发，但刷视频的观众，大多数情况是直接刷到某一集，且没有看过前面的内容。

那在这一集里，我们就要让单独刷到的人，就算没看过前面的内容，也要能看懂。

前情提要便是一个关键。

它必须具备一句话概括前面内容，还要有矛盾点来迅速抓取观者眼球，且能够与新一集的内容契合。

能做到这一点，就需要作者会抓核心，用词也必须精准。

但我知道，许多人没有那么深厚的文字功底，甚至会词不达意。

对此我的解决方法是：边写边读，读传统文学，提高写作能力和表达能力；读网文和看视频，来了解市场。而且最好要杂读，不同类型的小说与视频的角度和感觉是不一样的。

写作，是一个漫长的修炼过程，需要怎么做，与其说是一种方法，不如告诉你们，什么才是正确的写作方向，然后朝着这个方向不断练习。

第三节 视频制作需要用到什么软件

我制作视频配音软件用 Au，视频画面里的火柴人用 iPad 的 Procreate 绘制，再用 Pr 让火柴人动起来，并制作成完整的视频。

这些软件的入门教学和视频的制作过程，在我的哔哩哔哩视频写作课里都有详解。在哔哩哔哩搜索博主名"小旋呀"就能搜索出来。

不过值得注意的是，想要做一个被粉丝记住的博主，需要有自己本身的记忆点，无论是你的长相、画风、文风，还是声音，都需要在观众看到这个视频的时候，迅速知道这是谁的作品。

所以单纯的模仿是不可取的，而是要学会学习我和其他优秀博主的制作思路，制作出属于你们自己的视频。

愿将来，我们都能顶峰相见。

后记

我写作这么多年，最大的感触就是，内容创作的核心技能其实就是那么几个，只是因为选择的赛道不同，每个作者探寻的方向不同，细节略有差异而已。

真正的难点是，我们大多数人远没有自己想象中的那么了解自己，很多人为了跟风一开始就走错了方向，无法在市场上精准地对焦自己的长处，走了不少弯路。

创作，其实就是一个探索自身的过程。迷茫，是大多数新手的常态。但要记住，迷茫时我们可以多尝试，但绝不能盲目跟风，没有一点自己的想法。

这本书与其说是教大家如何写作，不如说是告诉大家，我走了哪些正确的路，希望这些"路"，对大家有帮助。

我是小旋呀，很高兴能在这里与你们相遇。

愿今后我们都能在写作路上遇见彼此。

再会！

小旋呀

2023 年 9 月